서울 백년가게

골목 구석구석에 숨은
장안 최고^高의 가게 이야기

서울 백년 가게

100 years

이인우 지음

꼼지락

들어가는 말

지난여름 런던에 갔을 때, 우연히 템즈 강변에 자리한 180년 된 퍼브(선술집)에 들른 적이 있다. 1837년에 '재건'되었다는 이 가게는 연원이 중세시대로까지 거슬러 올라간다고 한다. 런던 동부지역의 살아 있는 문화재나 다름이 없는 셈이다.

인구 천만의 서울에도 꽤 다양한 방식으로 반세기 이상의 연륜을 쌓아온 가게들이 드물지 않게 존재한다. 런던이나 도쿄처럼 오랜 역사를 지니고 있지는 못하지만, 외세 지배, 분단과 전쟁, 급속한 산업화의 격랑을 숨 가쁘게 겪은 우리에게는 그 어떤 퍼브나 노포老鋪 못지않은 소중한 '문화재'다. 세계적으로도 큰 변화의 시대를 살아가는 지금 같은 때야말로 자기만의 가게를 만들고 지켜가고 있는 이들을 더욱 소중하게 여기고 응원해줄 때라고 생각한다. 그런 점에서 서울시가 2013년부터 서울의 과거를 잘 간직하고 있는 상점, 업체, 생활공간을 '서울 미래유산'으로 지정해 보존·보호에 나선 것은 참 잘한 일이다.

책의 제목을 '백년 가게'라고 한 것도 저마다 나름의 역사를 간직한 채 미래를 향해 힘차게 달려가는 많은 가게들에게 격려의 박수를 보내기 위해서다.

《서울 백년 가게》는 이름 그대로 서울에 존재하는 역사가 오래된 가게의 탄생과 성장, 그리고 성공에 관한 이야기다. 이 책에 등장하는 24곳의 '백년 가게'를 통해 우리는 한 가게의 성공 비결, 장사 철학, 경영 노하우를 엿볼 수 있다. 손님은 알 수 없는 주인장의 남모르는 고투까지도 같이 느껴볼 수 있다. 그리고 그것은 그대로 서울과 서울 사람들의 애환 서린 생활과 풍속의 역사라는 것을 알게 된다. 이 책은 그런 서울의 숨은 역사를 함께 이야기하고 나누기 위해 써졌다.

서울이 하나의 도시로서 아름답고 가치 있는 것은, 거리마다 골목마다 숨은 듯 드러난 듯 다양한 백년 가게들이 있기 때문이라고 믿는다. 이런 백년 가게의 존재는 새롭게 가게를 시작한 젊은 장사꾼에게 하나의 훌륭한 비전이다. 가게를 찾는 손님에게도 으쓱한 자부심이다. 좋은 가게, 착한 가게를 소중히 여기는 마음들이 있기에 백년 가게의 꿈도 무르익을 수 있기 때문이다.

이 책은 《한겨레신문》 금요 섹션 〈서울&〉에 연재된 기사를 다듬어 단행본으로 엮은 것이다. 연재하는 동안 늘 격려의 말을 아끼지 않은 동료들, 좋은 사진을 찍어준 한겨레 출판국 출판사진부, 멋진 삽화를 그려준 김경래 기자에게 감사를 드린다. 소재 발굴과 취재는 서울시 문화정책과 미래유산팀이 제공한 기초조사자료에 힘입은 바 컸다. 서울시가 서울 미래유산을 선정하는 작업을 하지 않았다면, 아마도 이 책은 나오지 못했을 것이다.

끝으로 책쓴이로서 덧붙이지 않을 수 없다. 책 속에 오류가 있다면 모두 필자의 책임이며, 미덕이 있다면 모두 백년 가게를 낳고, 키우고, 이어가고 있는 분들의 것이다.

이인우

차례

3장 · 또 한 번의 백년을 기다리며

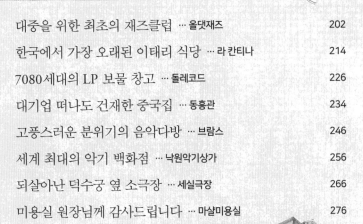

1장

백년 동안 이야기되는 가게

【아 지 트 에 서

브 랜 드 가 되 기 까 지】

학림다방

since 1956

종로구 대학로 119

동숭동 대학로 '학림다방'은 서울에서(어쩌면 한국에서) 가장 오래
된 다방이다. 그 이름을 얻은 지 63년째다. 1975년까지는 주로 서
울대생들의 '살롱'이었고, 1980년대에는 이른바 '학림사건'을 통
해 "학생과 노동자들이 혁명을 모의한 장소"로 이름이 났다. 한때
는 경영난 때문에 레스토랑으로 '전락'했다는 소리를 들었고, 송
강호, 전인권 등 현재 유명해진 배우와 가수들이 평범한 손님마
냥 드나들던 때도 있었다. 21세기에는 드라마 〈별에서 온 그대〉
덕분에 중국인들까지 찾는 관광 코스가 되었고, 커피 맛이 좋아
바야흐로 '학림커피'라는 브랜드의 꿈까지 익어가는 중이다.

학림다방은 엘리트 대학문화가 민주화 시기 저항문화 운동을 거쳐 대중문화로 확산된 문화사가 한 공간에 응축된 곳이다. 학림이 '서울 미래유산'(2013년)과 '서울 오래가게'(2017년)에 이름이 오른 것도 이런 역사적 가치 때문이다.

오래된 공간이 주는 아우라

삐걱거리는 소리를 들으며 좁은 나무 계단을 올라 2층 문으로 들어서면 마치 드라마 〈응답하라!〉 시리즈의 한 장면처럼 시간이 멈춘 듯한 공간이 보인다. 칠이 벗겨진 오래된 나무 탁자와 의자, 손때 묻은 피아노, 다락 층 벽에 낡은 흑백사진으로 도열한 고전음악의 별들…. 그 공간을 은은한 커피 향과 LP 음질의 장중한 선율이 호위하듯 감돈다. 학림을 처음 찾는 사람도 금세 느낄 수 있는 복고의 분위기다.

학림은 아직도, 여전히 60년대 언저리의 남루한 모더니즘 혹은 위악적인 낭만주의와 지사적 저항의 70년대쯤 어디에선가 서성거리고 있다…. (학림을) 대학로라는 첨단의 소비문화의 바다 위에 떠 있는 고립된 섬처럼 느끼게 할 정도이다. 말하자면 하루가 다르게 욕망의 옷을 갈아입는 세속을 굽어보며 우리에겐 아직 지키고 반추해야 할 어떤 것이 있노라고 묵묵히 속삭이는 저 홀로 고고한 섬 속의 왕국처럼….

학림다방 입구에 문패처럼 걸려 있는 황동일 시인의 글이다. 고립을 자처하되 낭만과 저항의 시대를 사수할 것, 살아남되 비루하지 않을 것. 그것이 이 "낡아서 삐걱거리는 나무 계단 위에 다락처럼 떠 있는 남루한 공간"(《베니스에서 죽다》, 정찬, 문학과지성사, 2003)의 아우라다.

학생들이 쉬는 숲

'학림學林'은 학문의 숲, 배움의 숲이란 뜻이다. 옛 서울대 앞과 지금의 대학로라는 거리명에 더할 나위 없이 잘 어울리는 이름이다. 6·25 휴전 직후 서울의대 옆에 생긴 '별장'이라는 다방에 1956년 신선희란 여성이 '학림'이라 이름 붙인 것이 학림의 시작이었다(문필가 고 이덕희의 회고). 학림다방은 곧 문예 취향의 서울대 학생·교수들에게 큰 사랑을 받는다. 당시 24개의 강의동이 있던 서울문리대의 '제25강의실'로 통했고, "학생들 틈에 노시인 교수도 비벼 앉아서 시를 쓰던 곳"(서울법대 최종고 명예교수의 회고)이었다. 원래 鶴林이었다는 다방의 한자는 1962년 서울문리대 첫 축제인 '학림제學林祭'를

계기로 자연스레 배울 학^學 자, 학림이 된 사연이 있다. 학생들은
단골 다방 이름에서 축제 아이디어를 얻고, 학림다방은 덕분에
학생들의 숲, 즉 學林으로 자연스레 알려진 것이다.

서울대생의 전유물 같았던 학림다방이 변화를 맞은 것은
1975년 서울대가 관악캠퍼스로 이전하고, 신선희가 이민을 떠
나고부터이다. 서울대가 떠난 대학로에서 학림은 경영난과 지하
철 공사로 인한 건물 신축 등의 영향으로 본래 모습을 잃어 한때
단골들을 실망시키기도 했다. 10여 년 동안 몇 번의 주인이 바
뀌고 1987년부터 학림을 경영하는 사람은 이충렬 씨다. "학림에
오면 주눅부터 들던 비非서울대생" 이충렬은 사진이 좋아 극단

학전, 연우무대 등의 연극 포스터와 보도자료 사진을 찍으며 연극패들과 학림에 드나들다 이곳을 인수하는 인연을 맺었다.

학림의 진정한 주인들

　　　　　　학림은 단순히 차를 마시는 다방이 아니라 사회·문화운동가, 유명·무명의 사상가, 문인, 예술가가 그 자취를 남긴 곳이다. 1980년대 후반부터 주인 이 씨가 만들어둔 방명록에는 지금도 낯익은 이름들을 어렵지 않게 찾을 수 있다.

　《그리고 아무말도 하지 않았다》의 전혜린으로부터 비로소 학림의 전설이 시작되었다고 할 만큼 그녀는 학림의 여신 같은 존재였다. 김승옥, 이청준, 천상병, 김지하, 황지우 등 한국 문학사의 걸출한 소설가, 시인들도 초기 학림의 연대기에 등장한다. 서울문리대 1학년 때 4·19를 겪은 《희미한 옛사랑의 그림자》의 시인 김광규도 학림의 방명록에 이름을 남기고 있다.

　　사랑과 아르바이트와 병역 문제 때문에
　　우리는 때 묻지 않은 고민을 했고
　　아무도 귀 기울이지 않는 노래를
　　누구도 흉내낼 수 없는 노래를
　　저마다 목청껏 불렀다.

　　(……)

그로부터 18년 오랜만에
우리는 모두 무엇인가 되어
혁명이 두려운 기성세대가 되어
넥타이를 매고 다시 모였다….

1970~1980년대에 학림은 김지하, 홍세화, 백기완 같은 이름들이 보여주듯이 반독재 민주화 운동의 전사와 신화가 탄생하기도 하고 굴절과 전향의 상흔으로 얼룩지기도 했다.

이른바 '광주 사태(광주 민주화 운동)'와 함께 시작된 1980년대에 학림은 "반독재투쟁 주도자들이 혁명조직 건설을 모의한" 장소로 유명했다. 당시 공안당국이 조작한 대규모 국가보안법 위반 사건의 별칭인 이른바 '학림사건'은 학림을 전국적으로 알린 계기가 되었다.

저항시가 쓰이고 '파리의 택시운전사' 홍세화의 사회사상이 영글며, 저 멀리서 '공장의 불빛'(김민기)이 빛나던 학림은 민주화 바람과 함께 1990년대부터는 점차 대중문화의 산실로 바뀌어간다. 강준일, 강준혁, 김광림, 이상우 등의 음악가·연극인·문화기획자들이 학림의 역사를 채워갔다. 설경구, 송강호, 황정민 같은 유명 배우들이 무명의 설움을 달랜 곳이었고, 희대의 가객 김광석이 가수의 꿈을 키우며 학전의 연극패들과 공연 뒤풀이를 벌이던 곳도 학림이었다.

그러나 이들의 뒤에서 그림자처럼 오래 기억될 인물은 아무

(위) 민중운동가 백기완.
(아래) 학림다방 방명록 속의 사진. 홍세화, 김지하, 유홍준, 김민기 등등이 보인다.

래도 이덕희와 이충렬이 될 것 같다.

평생 독신으로 살며 글을 쓰다가 2016년 타계한 이덕희는 서울법대 55학번으로, 학림이 탄생한 1956년부터 자신이 죽은 2016년까지 인생의 대부분을 학림과 함께한 자칭 "학림의 비품"이었다. 1965년 전혜린이 죽기 전날에도 학림에 함께 있었고, 1980년대 초 망가진 학림이 보기 싫다며 일부러 길을 돌아서 다녔다는 그가 죽었을 때, 그의 책상 위에는 '학림 60주년 문집' 기획안이 놓여 있었다. 그와 학림의 마지막 작별도 기묘했다. 이덕희와 가까웠던 소설가 정찬이 우연히 학림에 들러 한동안 연락이 끊긴 이덕희에게 전화를 걸었다가 마침 영정사진을 가지러 온 동생으로부터 뜻밖의 부음을 들은 것이다(《이덕희》, 한경심 등 지음, 나비꿈, 2017). 그는 어쩌면 우연의 힘을 빌려서라도 학림의 추억을 저승으로까지 이어가고 싶었던 게 아닐까?

학림다방과 학림커피

이충렬은 1987년 이래 32년째 학림을 지키고 있다. 학림의 역사에서 이충렬의 공로는 학림의 옛 모습을 되살려 오늘에 이르게 한 것, 학림의 아우라에 걸맞은 커피 맛을 더한 것이다. 2000년 초 대학로에 들어선 스타벅스 2호점의 점장이 배우고 싶어 할 정도로 학림은 이미 수준 높은 로스팅 커피 맛을 보이고 있었다. 이 씨는 최근 학림다방 골목 안쪽에 조

그만 분점도 열었다. 원래는 로스팅 기계를 놓고 커피를 볶는 살림집이었는데 "학림에 자리가 없어 돌아가는 단골들 모습이 안타까워" 테이블과 의자 몇 개를 놓은 게 분점이 됐다. 분점 '학림커피'는 조용히 차를 마시며 담소하거나 모임을 갖기 안성맞춤인 공간이다.

이 씨는 요즘 '학림의 브랜드화'를 생각 중이다. 유서 깊은 학림의 이름으로 로스팅한 원두를 직접 파는 사업이다. '커피만 팔아서는 대학로에서 언제까지 버틸 수 있을까'라는 고민에서 나온 답이다.

우리나라에서 가장 유명한 60년 전통의 다방이 그 자체로 하나의 원두커피 브랜드가 되어 집집마다 배달이 되고, 심지어 미제 '별다방'과도 경쟁하는 날을 보게 될까? 체 게바라가 브랜드로 소비되는 시대이니 불가능한 일도 아니다. 그렇게 한 다방의 역사가 백년 가게의 꿈을 이루어간다면 그 또한 멋진 일 아닌가?

【 문화예술 공간으로

재탄생한 고택 】

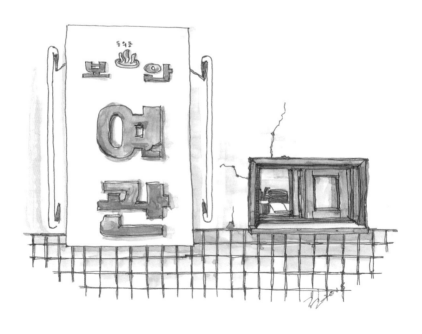

보안여관

since 1942

종로구 효자로 33

다윈의 진화론을 빌리면, 문화도 자연처럼 선택을 통해 진화한다. 다른 점이 있다면 자연생태계와 달리 문화생태계는 인간이 선택의 주체다. 문화는 인위적인 선택을 통해 모종의 변화를 일으킨다. 어떤 선택은 소멸을 통해 재탄생을 예비하고, 어떤 선택은 보존을 통해 재창조된다. 도시를 보면, 개발과 재생의 전략이 소멸과 생성의 방향을 좌우한다. 어느 쪽의 선택이 더 우월하다고 말할 수는 없지만, 결과가 그 도시의 일상과 삶의 방식에 영향을 미치는 것은 의심의 여지가 없다. 문화 선택은 결국 인간이 자기 삶의 방식을 선택하는 행위인 셈이다.

지난 10년 새, 문화 선택의 한 사례가 서울 종로구 서촌에서 일어났다. 낡아서 헐릴 운명이던 건물이 현대미술 갤러리가 되고, 그 건물 옆에 원래 건물을 똑 닮은 '신관'이 들어섰다. 두 건물은 구름다리로 연결돼 하나의 공간을 이루면서 자신들이 같은 탯줄로 연결돼 있음을 내비친다. 최근 서울의 새로운 복합문화예술 공간으로 등장한 '통의동 보안여관과 보안1942'이다.

복합문화예술 공간, 보안1942

경복궁 서쪽 담장을 끼고 청와대 쪽으로 걸어가면 경복궁 서문인 영추문이 나오고, 그 건너편에 구식의 2층짜리 타일 외장(실제로는 벽돌) 건물이 옛 보안여관이다. '손님의 안전을 지켜드린다'는 뜻의 보안保安여관은 1936년 이전 어느 때에 일본인이 문을 연 것으로 추정된다. 2004년 폐업할 때까지 70년 가까이 청와대와 경복궁 주변의 거의 유일한 여관으로 존재했다.

보안여관 건물은 폐업 후 철거될 운명이었으나, 2007년 보안여관을 산 현재의 주인 최성우 씨에 의해 재생의 선택을 받아 2010년부터 갤러리로 쓰이고 있다. 보안여관 갤러리는 폐업 당

시의 오래된 여관 내부를 그대로 전시 공간으로 활용하고 있다. 관행적인 전시 구조에 맞춰 억지로 개조하기보다는 건물이 지닌 역사성을 최대한 "살아 있는 그대로" 활용하고 지키기 위한 주인의 "철학 있는" 선택이었다.

이 보안여관 옆에 2017년 6월 '보안1942'라 명명된 새 건물 하나가 들어섰다. 얼핏 지나치면 독립된 건물처럼 생각되지만 길 건너에서 바라보면 이 지상 4층(지하 3층) 건물이 옆의 2층짜리 보안여관을 확장한 형태임을 간파할 수 있다. 위치도 작은 체구의 보안여관을 위압하지 않도록 3미터 정도 뒤로 물러서 있다. 이 새 건물의 이름이 보안1942인 것은 보안여관 천장을 수리하면서 발견한 '상량식 소화 17년'이란 명문에 근거한다. 이 명문을 통해 보안여관 건물이 서기 1942년에 일본식 목조가옥으로 (재)건축되었음을 알 수 있게 되었다. 일본 연호 소화 17년의 보안여관이 20세기의 유산이라면 보안1942는 보안여관의 21세기 버전인 셈이다.

보안1942는 복합문화예술 공간(설계 민현식)으로 지었다. 지하 1층에는 갤러리가, 지하 2층에는 서점(보안책방) 겸 주점(심야오뎅)과 화원(보안화원)이 있다. 1층에는 카페 겸 밥집(일상다반사)이, 2층에는 브랜드 상품점이자 테마 서점(한권서점)이 입주해 있다. 지하 3층에는 목공방이 들어설 예정이다. 경복궁과 청와대, 북악산이 바라뵈는 3, 4층의 게스트하우스(보안스테이)가 보안여관의 정체성을 이어가고 있다. 보안1942는 "보안여관이란 문화적 토대 위에서 바라보고See, 거주하고Sleep, 먹고Eat, 읽고Read, 걷기Walk를 제안하는 문화예술 공간이자 글로벌 네트워크를 엮어가는 문화예술 플랫폼"을 자임한다. 이런 모토는 전통적인 숙박업소가 어떻게 자신의 정체성을 시대에 적합하게 계승하고 확장하려 하는지 그 일단을 보여준다.

근대 한국 예술의 산실

보안여관은 운이 좋았다. 새 주인 최성우는 안목과 재력과 경영 능력을 겸비하고 있었다. 부산의 유력한 사업가 집안 출신으로 일찍이 프랑스 문화부의 제3세계 연수단 일원으로 선진국의 문화예술 경영을 공부했다. "예술판의 끼리끼리 문화를 타파하고, 사회와 예술의 경계를 넘나들며, 나라와 민족의 차이도 뛰어넘는" 문화예술의 독립지대를 '건설'하는 것이 그의 오랜 꿈이었다.

수년간 최적의 장소를 물색한 끝에 2007년 폐업 상태의 보안여관과 주변 가옥 두 채를 사들인다. 그 자리에 자신의 이상을 구현해줄 새집을 지을 계획은 비가 새는 낡은 지붕을 보수하게 되면서 '차질'을 빚게 된다. 어려서부터 규모가 큰 적산가옥(부산 동구 초량동의 일명 '다나카 가옥')에서 생활해본 그에게는 1942년이란 확실한 연대를 지닌 근대 문화유산의 가치를 알아보는 눈이 있었다.

70년이 넘는 건물의 수명에 주목한 최성우는 그동안 잘 알려지지 않았던 보안여관의 역사에도 근접하게 된다. 알고 보니 보안여관은 근대 한국 예술의 산실 중 하나였다. 1936년 서정주가 함형수 등과 장기 투숙하며 김달진, 김동리, 오장환 등과 함께 동인지《시인부락》을 펴낸 곳이 바로 보안여관이었다. 이상, 이중섭, 구본웅 같은 화가들의 일탈과 예술혼이 영근 곳도 보안여관 13개 방이었다. 보통 사람들의 역사도 만만치 않았다. 통행금지가 있던 권위주의 시대에는 청와대와 옛 중앙청 및 공보처 공무원, 박물관(철거된 경복궁 안 조선총독부 건물이 국립중앙박물관이었다) 학예사들이 숙박계를 남겼고, 청와대 경비 병사들의 면

회 가족과 연인들의 추억도 쌓였다. 선배 문인들의 기운을 이어 받고 싶은 신춘문예 지망생들이 열정을 벼리던 곳이기도 하다. 보안여관은 명사들이 등장한 역사 속의 '방'이기에 앞서, 무수한 익명들이 삶의 잔영을 남기고 간 민중들의 방이었던 것이다.

최성우는 "적산가옥에 친숙했던 개인적 경험으로, 선진 문화경영의 이상으로, 무엇보다 보안여관의 역사로 보나, 그 어떤 이유로도 이 건물을 허무는 것은 죄악이었다"고 말했다.

이러한 그의 생각은 이때부터 박제화된 유물로서가 아니라 살아 숨 쉬는 문화의 일부로서 보안여관을 활용하는 방향으로 전환됐다. "최성우에 의해 보안여관이 발견된 것이 아니라, 최성우가 보안여관에 사로잡혔다"는 그의 말에는 아이러니한 행복이 묻어났다.

새로운 '문화공화국'의 시작

보안여관의 보존과 활용을 위한 프로젝트인 보안1942가 완공되기까지 꼬박 10년이 걸렸다. '보안여관과 보안1942가 어떻게 콘셉트에 맞게 공존할 수 있을까?' 하는 고민이 거듭된 결과였다. 적산가옥이 일제 잔재라는 인식과 문화재 보존에 대한 이해 차이 때문에 무수한 설계 변경과 건축허가를 둘러싼 실랑이가 끝도 없이 이어졌다. 자본력과 집념이 없었다면 돌파하기 어려운 과정이었다.

공간이 열린 다음 단계는 그곳에 시간을 채우는 일이 남았다. 시공이 갖춰지면 이야기가 호출되고 이는 공간에 역사성을 부여한다. 최성우는 보안 프로젝트 계획 수립 10주년이 되는 올해, "집을 지은 뒤 상량문을 올리는 것처럼" 지난 10년의 건축 과정을 정리한 백서를 출간할 예정이다. 가칭《보안백서》는 지난 80여 년에 걸친 보안여관의 과거와 현재, 이곳을 거쳐간 사람들의 이야기 등을 두루 담을 계획이다. 건물 자체의 이야기뿐 아니라 건물이 생기기 전부터 존재하고 있던 땅과 사람의 역사도 아울러서 보안여관의 전사前史로 삼는다는 '야심'이다. 구체적인 이야기를 들어보았다.

폐업 당시의 모습으로 보존된 옛 보안여관 방.

달라진 주변 환경을 감당하지 못하고 도태될 운명에 처했던 일본식 목조
가옥이 새로운 형태의 문화예술 공간 겸 '문화숙박업소'로 재창조된 대강
의 사연이 여기까지라면 앞으로 보안의 꿈은 무엇인가?

—— 대학 시절부터 무경계의 공간에서 먹고 자고 놀며 일하는
문화예술의 플랫폼을 꿈꿨다. 이제 그 기본 토대는 마련됐으니,
깃발을 지키는 거다. 문화 '독립공화국'의 깃발. 자본의 욕망 구
조에 휘둘리지 않으면서, 스스로 문화를 사고하고 성찰하고 생
산하는 문화예술의 건강한 생태계로 이름 불리길 바란다.

(위) 보안여관이 현대화한 게스트하우스.
(아래) 지하의 북카페 겸 주점.

자립 경영의 비전은?

—— 어떤 독립공화국도 자립할 수 없으면 환상에 불과하다. 지금부터 우리 프로젝트는 자가발전, 자체 생존이다. 비영리 행위인 문화예술 경영에 100% 순수한 자립이란 불가능하겠지만, 적어도 자기 전시기획 정도는 자체 해결이 가능할 수 있기를 기대한다.

지난 반년의 경영 성과를 결산하면?

—— 생각보다 빠르게 손익분기점과의 거리를 좁힐 수 있을 것 같은 자신감을 갖게 됐다. 파트너십으로 운영한 주점과 카페의 실적이 좋다. 술집은 주말 저녁이면 예약이 어려울 정도고 1층 밥집 카페는 이 일대 최고의 핫플레이스로 떠올랐다. 갈 길은 멀지만 '우리 콘셉트를 유지하면서 돈도 번다'는 목표대로 간다.

10년 뒤 보안의 모습을 설정한다면?

—— 그때도 지금처럼 '살아 있음'이 지상 과제다. 그다음은 보안여관을 잘 건사하는 것이다. 보안여관이 백 살이 되어서도 끄떡없는 건물이었으면 좋겠다. 세 번째는 좋은 큐레이터, 유능한 문화경영자들이 보안 프로젝트를 통해 발굴되고 성장해서 나를 디렉터의 자리에서 끌어내려 주는 것이다. 제 노후 목표가 국제적인 떠돌이로 사는 거다.

【 좋은 시절을 수집하는
음반·고서점 】

클림트

since 1996

중구 소공로 58 회현지하쇼핑센터 다-19-20

지난해 초겨울 무렵 어떤 이유로 한 사람의 서재가 소멸되었던 것 같다. 트럭째 책들이 고물상에 실려와 파지가 되기 위해 물세례를 받기 직전, 한 눈썰미 있는 '나카마(중간상인)'가 이를 극적으로 구조했다. 죽음을 면한 책들은 트럭에 되실려 청계천 헌책방거리의 한 서점에 도착했다. 책 꾸러미를 살펴본 서점 주인이 어딘가로 전화를 걸었다. "김 사장, 시간 되면 한번 들르시오." 다시 '김 사장'이 추린 일어 원서들은 상자 10개에 담겨 청계천을 떠나 명동지하상가의 10평 남짓한 김 사장의 고서점으로 옮겨졌다.

생환한 책들이 분류를 거쳐 서가에 꽂힌 첫날, 일본 민속학자 야나기다 구니오의 37권(부록 1권 포함)짜리 전집이 곧바로 새 주인을 만났다. 책을 손에 넣은 서치(書癡, 책벌레)가 기쁨에 겨워 외쳤다. "야나기다의 하드커버 전집을 통째로 얻다니! 대박이군!" 얼마 뒤, 함께 생환했던 책 가운데 근대 일본 사상가 고바야시 히데오의 《모토오리 노리나가本居宣長》가 뒤따라 서점을 떠났다.

오늘도 숱한 양서들이 파지가 되는 치욕을 겪으며 사라져가 겠지만, 변변한 간판조차 달지 않은 지하상가의 헌책방에는 강물이 흐르듯 책이 흐르고 있다. 소멸의 운명에 처한 각종 서물書物들이 흘러들어와 자신을 편애하는 광狂과 벽癖을 만나 재생을 얻는 곳. 명동 회현지하쇼핑센터의 고서점 '클럽트'도 그런 부활의 성소 가운데 하나다.

아날로그의 천국

충무로 신세계백화점 쪽이나 명동 서울중앙우체국 앞에서 지하로 내려서면 회현지하쇼핑센터다. 옛날 음반을 거래하는 LP 전문점이 모여 있는 곳이기도 하다. 그중에 복도까지 책과 음반이 쌓여 있고, 유리문 위로 화가 클림트의 사인을 옥호치고는 무성의하다 싶을 정도로 간단하게 붙여놓은 가게를 발견할 수 있다. 총 10평 규모의 가게 안으로 들어서면 한 사람이 겨우 다닐 정도의 좁은 통로를 빼고 책들이 천장까지 쌓여 있다. 이곳이 1996년 문을 연 '세컨드 핸드(중고품)' 책·음반가게 클림트다.

클림트는 애초 LP 전문점으로 유명했으나, 엄청난 책 수집 광이기도 한 주인의 '꿈'을 좇아 2011년부터 문·사·철·예술 전문 고서점으로 진화했다. 국내외 인문사회과학, 철학, 예술 분야의 헌책들이 2만 권쯤 매장에 나와 있고, 2만 권 정도가 더 주인집 서고를 채우고 있다. 원서는 일어를 중심으로 독어, 불어, 영어책들이 주류를 이루고, 중국 책도 3천여 권 정도 수집돼 있다. 자기계발서나 경제경영서, 교양 잡서류 따위는 물론이고, 값비싼 희구서나 희귀본류도 팔지 않는다. 내부를 흐르는 분위기는 전형적인 아날로그의 시간이다. 가게에는 늘 클래식 음악이나 재즈가 흐르고 은색 장발의 중년 사내가 주인장으로 앉아 있는 안쪽 모서리 테이블에는 캔맥주가 떠나지 않는다.

1996년 문을 열었으니 음반가게로는 23년, 고서점 겸영으로는 불과 7년밖에 안 되는 짧은 역사지만, 클림트는 아주 특별한 존재다. 유럽이나 일본과 달리 문화 토양이 척박한 우리나라에서 이만한 깊이와 넓이로 고서와 음반이 함께 수집되고 거래되는 가게는 어쩌면 거의 유일할지 모른다. 이런 희소성과 문화적 가치를 소중히 여긴다면, 음반·고서점 클림트가 백 년을 향해 쌓아갈 역사는 지금부터가 시작이다.

음악과 책을 향한 열정

　　　　　　　취재 도중 만난 나이 든 손님이 말했다. "나는 그를 진심으로 쓰부(사부)라 부르지. 평생 음악과 책을 좋아해 숱한 책방과 음반점을 돌아다녔지만 김세환만 한 내공을 보지 못했어."

　고서점·음반가게 클림트의 주인 김세환은 40년 경력의 '오타쿠'다. 충남 금산의 부유한 인삼 상인의 아들인 그는 대입 재수시절 진학 대신 자신이 좋아하는 음악과 더불어 살기로 한다. 그가 제도교육의 '혜택'을 미련 없이 버리고 황학동 레코드 가게 점원이 된 이야기는 오래된 LP 수집가들 사이에서는 전설처럼 퍼져 있다.

　음반 가게로 명성 높았던 클림트가 고서점이 된 사연은 이렇다. '음반계의 고수' 김세환은 수장한 4만 권의 책이 포화 상태에 이르고, 우연인지 필연인지 LP 수집도 한계에 봉착하면서 그동안 가슴속에서만 키워온 모험을 감행하기로 한다. "서른 살 무렵 음반 수입을 위해 처음 외국에 나가봤는데 정말 새로운 세계였죠." 그 황홀한 세계 중에서도 김세환에게 가장 깊은 인상을 남긴 것은 독일의 중고 음반점이었다. "퀼리티 있는 가게들은 대부분

고서류를 함께 팔고 있더군요. 종사자들도 대부분 머리 희끗한 중년 남자 아니면 노인들이었는데, 음악과 책에 관한 그들의 지식은 경탄스러울 정도였습니다. 이때 강렬한 동경이 싹텄지요."

그 문화 충격이 김세환을 책의 세계로 인도하게 된다. "한 1만 권쯤 책이 쌓이자 비로소 책 읽기를 넘어 책 그 자체의 디테일이 눈에 들어오기 시작했습니다. 책을 둘러싼 맥락들이 궁금해지자, 책의 역사라고 할 서지학과 문헌학 쪽으로 관심이 옮아갔고요." 음반을 모으고 흩는 데 고수인 그에게 4만 권쯤 책이 모였다면 그것을 흩뜨리는 쪽으로도 마음이 움직이는 것은 어쩌면 자연스러운 이행이었다. 고서점 클림트의 탄생이었다.

열등감이
오늘의 클림트를 만들다

2019년의 클림트는 그렇게 젊은 날의 김세환에게 문화 충격을 안겼던 100년쯤 된 독일의 어느 음반 고서점을 닮아가고 있다. 오늘도 클림트의 좁은 통로에는 책과 음악을 사랑하는 '광'과 '치'들의 그림자가 석고처럼 드리워 있다. 대개 그들은 자신만의 '초월하는 시공'을 가지고 있기 일쑤다. 클림트는 그들을 태운 타임머신이다.

영업과 관련된 구체적인 질문을 몇 개 해봤다.

책은 어떻게 수집하나?

—— 청계천 헌책방들을 돌기도 하지만 그쪽에서 연락이 오기도 한다. 내 취향을 아니까. 그렇게 연락이 오면 그 사람들 수고를 봐서 구해온 책의 3분의 1쯤을 사준다. 단, 한 권 한 권 꼼꼼하게 살펴서 고른다. 그래야 그들도 나를 존중하고 내게 맞는 책을 구하려고 애쓰게 된다. 그게 비법이라면 비법이다.

나름의 수집 체계가 있는가?

—— 나는 자유롭게 읽고 내 마음에 드는 책을 산다. 체계적인

전문교육이 부족한 내 열등감의 소산이겠지만, 대신 어떤 카테고리에도 갇히지 않는 지적 야생성이 책을 보는 감을 만든다.

책값은 어떻게 정하나?

—— 정가에서 30~40% 정도 내린 범위에서 결정한다. 기준은 한마디로 내 맘이다. 지금까지 이 가격을 불평하는 사람은 별로 없었다.

LP와 책을 병행하면서 달라진 점은?

—— 글쎄… 분명한 것은 찾아오는 손님이 늘었고, 내 주량도 늘었다는 것. 음악·책, 이런 거 좋아하는 사람들 대개 술도 좋아한다. 하물며 동시다발이니, 하하. 책 장사를 해보니 책의 세계가 음악보다 더 무궁무진하다. 이야기꽃을 피우면 끝이 없다. 남자들의 수다가 얼마나 센지 모를 거다.

개인적으로 좋아하는 분야나 작가는?

—— 경계인, 소외인, 디아스포라(타지에서 살아가는 민족) 의식을 가진 지식인의 저작을 좋아한다. 시대적으로는 '벨 에포크('좋은 시대'라는 의미로, 프랑스의 정치적 격동기가 끝나고 1차 세계대전이 시작되기 전까지의 19세기 말~20세기 초의 기간)' 시대의 문화와 예술을 좋아한다. 화가 클림트를 옥호로 삼은 것도 그 시대에 대한 개인적인 찬미다.

한참 높은 연배에게서 '사부' 소리를 듣는다. 고수가 될 수 있었던 비결이 있다면?

—— 비결이랄 게 없지만, 늘 열등감에 시달린 것. 일찍이 혼자 놀기의 즐거움을 안 것.

지하상가 생활이 22년째인데 건강에 안 좋을 수도 있다. 클림트가 지상으로 올라올 계획은 없나?

—— 네버. 명동은 타락했지만 내겐 고향 같은 곳이다. 원래의 문화와 예술이 숨 쉬던 거리를 지하에서나마 지키고 싶다. 임대료도 견딜 만하고 공기도 그리 나쁘지 않다. 나라는 무명의 존재가 나름대로 세상에 기여하는 방식이다.

앞으로 종이책의 미래는 어떨까?

—— 나는 확신한다. 어느 인터뷰 기사에선가 움베르토 에코가 서재 높은 곳에서 《장미의 이름》(이윤기 옮김, 열린책들, 2006) 종이책과 전자책을 위에서 아래로 떨어뜨려 비교하는 걸로 답을 대신한 걸 본 적이 있다. 저장 장치는 그때보다 더 발전했지만 불멸하는 것은 오히려 종이책이란 뜻일 것이다. 종이책을 좋아하는 사람 역시 결코 사라지지 않는다. LP의 부활이 증거 아닌가? 나는 판 팔아서 책 살 돈만 되면 이 길을 계속 갈 거다. 결국 책이 말해줄 것이다.

【 경성의 맛을
지키는 추탕집 】

용금옥

since 1932

중구 다동길 24-2 / 종로구 자하문로 41-2

지금은 절판된《용금옥 시대》(이용상, 서울신문사, 1993)라는 책이 있다. 해방 후 김일성의 동생 김영주가 김일선이라는 이름으로 중국에서 귀국해 서울에서 추어탕 한 그릇을 먹고 서울역에서 기차로 평양에 간 이야기가 담겨 있다. 수주 변영로와 공초 오상순 등 당대 기인들의 상상을 초월하는 기행 기담도 수두룩하다. 그러나 이 책의 진짜 주인공은 제목처럼 '용금옥湧金屋'이다. 책을 쓴 중국항일유격대 출신의 시인 이용상은 이렇게 적고 있다. "8·15 해방이 되고 양풍이 불어닥치고 우리 고유의 송편보다는 초콜릿으로 입맛이 변해가던 시대에도 끝까지 추탕으로 버티고 있는 노포 용금옥은 그 자체가 우리의 저항처럼 보인다. 때문에 나는 해방에서 오늘에 이르기까지를 용금옥 시대라고 구분 지은 것이다." 한 개인의 회고담이라지만 일개 음식점이 한 시대의 대명사로 당당히 명명된 것은 영광이 아닐 수 없다.

창업자 홍기녀의 며느리 한정자.

이야기 속의 추(어)탕집 용금옥은 장장 87년째 '실존'하며 지금
은 흔치 않은 서울식 추탕집의 명맥을 잇고 있다. 비슷한 시기에
문을 연 안암동의 '곰보추탕'이 얼마 전 아쉽게 문을 닫았고, 평
창동 '형제추탕'도 무슨 까닭인지 임시 휴업 중인지라, 추탕 애
호가에게는 용금옥의 존재가 더욱 소중할 수밖에 없다. 그런데
이 용금옥이 또 두 군데의 용금옥으로 '분화'해 있다. 본래의 중
구 다동 자리에는 용금옥 큰집이, 서촌 통인동에는 분가한 용금
옥이 있다. 다동 용금옥은 창업주의 큰아들 집안이, 통인동 용금
옥은 막내며느리 가족이 주인이다. 한 뿌리에서 나와 각자의 사
정을 좇아 독자적인 용금옥으로 나뉘었다.

노포의 명맥이 오직 한줄기로만 이어져야 한다는 법은 없
다. 누가 계승하든 몇 개로 가지를 쳤든, 중요한 것은 손님에게
환영받는 이유일 테니까.

아직도 용금옥이 있습네까?

최초의 용금옥은 1932년 당시 20대
초반의 새댁 홍기녀가 창업했다. 음식 솜씨가 좋았던 그는 10살
위 남편 신석숭의 한량 기질 탓에 가계를 꾸리기가 쉽지 않자 추

탕을 끓여 팔기 시작했다. 이용상의 회고에 따르면, 홍기녀는 당시 여성치고는 거침없는 말씨에다 "무엇이든 주물럭대기만 하면 기가 막힌 맛으로 변하는" 손맛을 지녔다. 용금옥은 금세 유명해져 전성기에는 가게 규모(현재 서울시청 옆 코오롱빌딩 자리인 무교동 45번지)가 100여 평에 달했다고 한다.

용금옥은 서울시청과 야당인 민주당사가 가까이 있었다. 주요 언론사 대부분도 부근이었다. 담장을 사이로 무교양조장이 있어서 밀주 단속 시대에는 담을 뚫은 호스로 막걸리를 대놓고 (단골 중엔 시청 공무원이 많았다) 먹을 수 있었으니, 조병옥을 비롯한 숱한 야당 정치인, 변영로를 비롯한 숱한 시인·예술가, 장안의 숱한 기자, 칼럼니스트들이 작취미성(昨醉未醒, 어제 마신 술이 아직 깨지 않음)의 사자후를 토하는 웅변장 같은 곳이었다. 소설가이자 언론인 선우휘는 "해방 후 서울의 언론인·문화예술인치고 용금옥을 모르면 가짜"라고 《조선일보》 칼럼에 대놓고 공언할 정도였다.

해방 전후 시기부터 5·16 쿠데타 뒤 무교동 재개발로 본래의 용금옥 한옥이 헐리고 현재의 다동 한옥(홍기녀가 점심 일 끝낸 뒤 쉬려고 산 집이라고 한다)으로 옮긴 1960년대 중반까지 용금옥은 "근대 서울의 이면사이자 인물지人物志의 무대"(이용상)였다.

1945년 해방 후부터 남북 분단이 고착되기 전인 1948년 전후 무렵까지(를 일컫는 이른바 '해방 공간'에)는 좌우익을 불문한 술집이었고, 6·25 휴전회담 때는 시인이자 비평가로 유명했던 김동석이 북쪽 통역관으로 나왔다가 남쪽 기자들에게 용금옥 주인의 안부를 물어대 일약 유명세를 탔다. 20년 후인 1972년, 평양에서 열린 남북적십자회담 때 윤기복 북한 교육부장(그는 서울에서 경기중학교를 다녔다)이 "서울에 아직도 용금옥이 있습 네까?"라고 물어서 또 유명해졌다(질문자가 박성철 북쪽 대표였다 는 설도 있다. 어쨌든 용금옥의 추억을 간직하고 있던 김영주를 대신한 질문이었을 것이다). 1990년에는 북한 총리 연형묵이 서울 체류 동안 두 번이나 용금옥 추탕을 먹고 간 일도 있었다. 남북이 갈 라지기 전 '경성의 추억'을 공유한 제제다사(濟濟多士, 뛰어난 여 러 선비)들에게 용금옥 추탕은 좌우 대립도, 분단 장벽도 막지 못 한 '우리'의 별미였던 것이다.

용금옥이 다시 장안의 명소로 주목받게 된 것은 1980년대. 홍기녀의 사망으로 갑작스럽게 가게를 떠맡은 막내며느리 한정 자에게 시어머니의 부재는 큰 타격이었다. 손님들이 썰물처럼 빠져나가던 무렵, 《조선일보》와 한국방송KBS 등 매스컴에서 한 국 전통문화의 하나로 용금옥을 조명해준 것이다. 언론인이자 소설가인 선우휘는 이렇게 표현했다. "고유 문화와 민족 전통을 무슨 구름 위에 뜬 무지개인 것처럼 고상한 것으로만 생각하는 폐단이 있지만, 추탕 같은 서민적인 맛의 전통을 지키는 것은 가 장 문화적이며, 그런 솜씨를 지닌 사람들을 인간문화재로 지정 해도 좋다고까지 나는 생각한다."

용금옥의 유명세는 홍기녀의 반세기가 가장 큰 영향을 미

두 집이 된 용금옥. 왼쪽이 다동 큰집, 오른쪽이 통인동 막내며느리 집이다.

쳤겠으나, 이처럼 당시 유명 언론인들이 단골로 드나들 수 있었던 입지 조건도 무시할 수 없었다. 이후 용금옥은 한정자를 중심으로 10여 년 이상 성업하다가, 1997년 두 곳의 용금옥으로 분가했다. 다동 용금옥은 큰아들의 손자 신동민 씨가 맡게 되었고, 한정자 씨는 근처 무교동으로 분가했다가 10년 후 통인동으로 옮겨와 현재에 이르고 있다.

서울식 추탕

서울식 추어탕은 이름도 추탕으로 다르지만, 무엇보다 조리법이 남도식, 원주식 등 지방과 차이가 난다. 사골과 양지, 내장 등 소고기를 끓인 육수에 각종 부재료를 넣고 끓이다가 삶은 미꾸라지를 채로 거르지 않고 통째로 넣어 한번 더 끓여 내놓는다. 현대에 이르러서는 손님의 요구에 따라 미꾸라지를 갈아 넣은 탕도 판매한다. 곱창과 목이·느타리·싸리 등 버섯류와 파, 호박 등 다양한 부재료가 들어가 탕 한 그릇만으로도 식사뿐 아니라 술안주로도 그만이다. 이런 특징은 서울이 직접 농사를 짓지 않고 이동인구가 많은 도시라는 점과 관계가 있을 것이다.

용금옥은 서울식 추탕의 전통 아래 자기만의 개성도 발전시켰다. 서울식 추탕 중 가장 정통에 가까웠다는 곰보추탕이 양지를 위주로 한 육수를 냈다면, 홍기녀의 용금옥은 내장(곱창)을

53

차별점으로 삼았다. 현재도 다동의 용금옥은 "할머니 손맛을 지키는 게 원칙"이라는 신념 아래 곱창 육수를 쓰는 전통을 고수하고 있다. 반면 통인동 용금옥은 영양 구성과 위생을 고려해 곱창 육수 대신 사골 육수를 내고 있다. 곱창은 완전히 기름기를 뺀 것을 부재료로 쓴다. 서울식 추탕은 본래 맵기로 소문났으나, 시대 변화에 따라 매운맛을 많이 뺐다. 용금옥은 탕 이름도 보편화된 추어탕이란 표기 대신, 미꾸라지 '추鰍' 자 하나만 쓰는 '추탕'이란 전통적 표기법을 고집한다. 추탕과 추어탕을 구분한 것은 '족足'과 '족발'의 차이를 따지는 것만큼 의미 없는 일이라고 두 집 모두 생각한다.

서울식 추탕의 기원에 대해서는 몇 가지 설이 있다. 한양 내의 각설이 조직인 '꼭지'들이 집단으로 만들어 먹었다는 '꼭지딴 해장국'에서 유래했다는 설, 가축 도살을 업으로 하는 계층(백정)의 음식이라는 설, 관노들의 음식이었다는 설 등이다. 각자 근거가 있는 설이 유기적으로 연결되면서 나중에는 양반가에서도 즐기는 추탕의 형태가 갖추어진 것으로 보는 것이 사실에 가까울 것 같다.

가업 승계는 계속된다

음식이란 원래 사람에 따라 호오가 갈릴 수 있는지라, 용금옥의 추탕 맛에 대한 평가도 입맛 따라 다를 것이다. 오랜 단골 중에서도 어떤 이는 다동, 어떤 이는 통인

동으로 발길이 갈린다. 그러나 두 집이 모두 한입으로 말하는 것은 대략 다음과 같다. "분가할 때 서로에 대한 원망이 왜 없었겠는가? 그러나 지금은 각자의 자리에서 다 잘됐으면 하는 마음이다. 아버지 형제들이 모두 돌아가신 뒤로는 왕래마저 끊어졌지만 용금옥의 전통을 이어간다는 정신만큼은 똑같을 거다."

다동 용금옥은 주방 위에 '큰집'임을 알리는 한글 두 자가 손님을 맞이하고, 통인동의 용금옥은 명필로도 유명한 신영복 선생의 글씨다.

맛에 대해서는 어떨까? "둘 다 각자의 개성을 가지고 용금옥의 전통을 잇고 있으니, 나머진 손님의 선택이 아니겠는가?"

같은 생각의 두 집 모두 장사는 점심이 중심이다. 100~150그릇이면 평균 매상은 했다고 친다. 다음 대로 가업을 이어간다는 생각에도 차이가 없다. 다동 주인 신동민 씨는 "조카 중에 하나가 싹수가 있는 것 같아 가게 일을 가르쳐볼 생각"이라고 했고, 통인동은 이미 딸 신정림 씨가 어머니를 돕고 있다. "하면 할수록 더욱 책임감이 커진다"는 신 씨의 말에 가업 승계에 대한 의지가 강하게 묻어 있다.

다시 백년을 향해

용금湧金은 '금이 솟아난다'는 뜻이니, 용금옥은 '황금이 샘솟듯이 돈을 많이 벌어라'는 덕담이 담긴 옥호이다. 수주 변영로가 지었다는 설이 있으나, 이름 없던 개업 초기에 이름 모를 나그네가 추탕이 너무 맛있다며 지어준 이름을 활 잘 쏘는 한량이던 주인 신석숭이 무릎을 치고 받은 것이란 게 정설인 듯하다. 용금은 중국 항저우의 유명한 호수 서호에 유래가 있다. 서호의 물을 끌어들여 만든 연못이 용금지池인데, 연못 밑바닥에서 황금 소가 나왔다는 '금우출수金牛出水'의 전설이 깃든 곳이다. 누런 빛깔의 미꾸라지도 논이나 개천 밑바닥에서 솟아나는 것이니 추어탕집으로는 다시없는 이름이다.

87살의 용금옥은 이제 '불과' 13년 후면 100살이다. 두 집 모두 "돈보다 용금옥이다. 100주년을 꼭 직접 보고 싶다"고 말한다. "금이 샘솟듯 하라"는 최초의 덕담대로 두 집 모두 번창해 100살이 되는 어느 화창한 날, 오랜 단골들과 더불어 자축의 연을 베풀 수 있기를.

【
하
루
천
그
릇
이

팔
리
는
냉
면
집
】

을밀대

since 1976

마포구 숭문길 24

10여 년 전 평양 출장을 갔을 때다. 저녁을 대접받는 자리에서 북쪽 대표에게 말했다. "서울에 오시면 꼭 연락 주십시오. 옥류관 못지않은 냉면집을 알고 있는데 그 이름도 을밀대乙密臺입니다." 북쪽 대표는 그저 가소롭다는 표정이었다. 그는 우리 일행이 평양을 떠나기 전날 일정에 없던 금수산 마루의 을밀대 관광을 시켜주었다. 모란봉 을밀대 오르는 길은 자작나무 숲길이었다. 평양 체류 동안 우리를 안내했던 김일성대학 출신의 '김 동무'는 비로소 여유가 생겼는지 톨스토이와 모파상을 좋아하는 문학소녀였다며 수줍어했다. 러시아 작가 파스테르나크 원작의 미국 영화 〈닥터 지바고〉의 명장면들을 과장스레 전해주었을 때는 자작나무 등걸을 쓰다듬으며 귀를 기울였다. 을밀대에서 바라본 대동강은 유유히 아름다웠다. "이 선생님, 이래서 남남북녀라고들 하는 건가요? 호호." "왜 아니겠습니까? 하하."

살짝 잔얼음이 도는 을밀대 냉면.

평양의 김 동무는 잘 있을까? 역사적인 남북 정상회담을 앞둔 어느 주말, 김 동무에게 냉면 한 그릇 대접하는 마음으로 평양냉면집 을밀대에 들어선다.

연간 매출 30억대의 맛

마포구 염리동 을밀대는 서울에서 내로라하는 평양냉면집 중에서도 몇 손가락 안에 꼽히는 집이다. 봄여름으로 점심때면 골목길을 따라 긴 줄이 늘어서는 진풍경을 매일같이 연출한다. 한여름 기준으로 하루 1,300여 그릇의 냉면이 팔리고, 하루 매출이 2천만 원을 웃돈다 하니 놀라울 따름이다.

성공한 음식점이 대개 그렇듯 을밀대의 성공 비결도 '맛'이다. 냉면은 만들기 까다롭고 일정하게 맛을 유지하기도 어려운 민감한 음식. 그래서 정통 냉면집으로 성공하려면 특단의 각오와 정성이 필요하다. 40여 년 역사의 을밀대는 그것을 해냈다고 볼 수 있다. 단골들의 '을밀대 입문기'를 요약하면 이렇다. "처음 먹을 때는 밍밍해서 무슨 맛인지도 모르다가 몇 번을 거듭 먹고서야 서서히 맛을 알게 되고, 급기야는 중독의 기미마저 느끼게 된다."

1976년, 변두리 동네 분식집으로 시작한 을밀대는 당연히 대중적으로 알려진 집이 아니었다. 1980~1990년대 식도락 문화가 유행하면서 점차 소수의 미식가 문인, 언론인, 교수들 사이에서 입소문이 났고 매스컴에도 알려지기 시작했다. 2000년, 김대중 대통령의 역사적인 평양 방문을 전후로 남북관계가 호전된 것이 결정적 전기였다. 많은 평양냉면집이 호황을 누렸고 탈북자 출신들이 차린 북한 음식점이 인기를 끌었지만, 평양을 떠올리기 안성맞춤인 옥호에다 뛰어난 맛을 갖춘 을밀대만큼은 아니었다. 창업 후 연매출 2억 원대에 도달하는 데는 20여 년이 걸렸으나, 이 무렵부터 연매출 30억 원대를 이루는 데는 불과 7~8년밖에 걸리지 않았다.

공덕동로터리에서 서강대 쪽으로 가다가 서울디자인고등학교 인근 골목 안 염리동주민센터 부근에 있는 을밀대는 외관도 오래된 맛집의 풍모를 이루고 있다. 낡은 3층짜리 벽돌 건물을 중심으로 왼쪽 2층 타일 건물, 오른쪽 건너편 단층집, 그리고 뒷골목 한옥까지 별개의 4채 건물이 한 몸을 이뤄 한꺼번에 220~250명이 식사를 할 수 있는 큰 식당이 되었다. 개념 없는 증·개축 대신 이웃한 옛 건물들을 이어붙이는 확장 전략을 택함으로써 커진 가게 덩치를 감당하는 동시에 '오래된 냉면집'이라는 시간의 축적도 쌓아갈 수 있게 되었다.

을밀대분식으로 시작하다

　　　　　을밀대 냉면 맛을 만든 사람은 평안
남도 안주 태생의 대구 사람 김인주다. 현재 염리동 을밀대의 주
인은 그의 맏아들 영길이다. 김인주는 냉면의 장인이라고 일러도
손색이 없을 만큼 평생을 냉면에 바친 사람이다. 10대 후반부터
냉면 기술을 배우기 시작해 69살 폐암으로 타계할 때까지 오로지
냉면으로 삶을 일관했다. 김인주는 말기 암 환자임에도 사망 당
일도 여느 때와 똑같이 김포의 육수 공장에서 냉면 육수를 뽑아
손수 봉고차를 몰아 가게에 실어다 놓고 병원에 갔을 정도다.

해방 전 가족이 대구로 이주한 김인주는 어릴 때부터 냉면을 좋아했다. 중학교를 마치고 부산과 대구 등지의 냉면집에 들어가 냉면 기술을 배웠다. 1971년, 아내와 자식들을 대구에 남겨놓고 혼자 상경한 김인주는 은평구 응암동 대림시장 안에 분식점을 차리고 서울살이를 시작했다. 어느 정도 경험을 쌓은 후인 1976년 현재의 자리에 있던 가정집을 개조해 '염리분식'을 차린다. 냉면집이지만 분식점으로 신고한 것은 일반식당보다 세금을 덜 낼 수 있었던 당시의 절세 관행 때문이었다고 한다. 염리분식이 '을밀대분식'으로 옥호가 바뀐 것은 몇 해 뒤였다.

평양냉면과 가장 가까운 맛

김인주에게 냉면은 "일— 육수 이二 면발"이다. 그는 생전에 냉면을 배우러 오는 사람들에게 "평양냉면 맛은 육수가 결정한다. 양념 맛이 겉으로 드러나선 안 된다. 고깃국물 안에 은근히 깊게 배어 있어야 제맛이 나고 뒷맛도 깔끔하다"고 가르쳤다. 그는 한때 냉면 기술 전수를 전제로 분점을 모집할 만큼 자신의 냉면에 확신을 가졌다. 사골과 사태 등 국물을 내는 뼈와 고기는 반드시 수놈 한우를 쓴다는 것도 그의 오래된 철칙이다. 을밀대 육수는 특유의 살얼음이 낀 것으로 유명한데 이것도 육수의 성분 탓이라고 한다. "아버지는 육수 안의 밀도 높은 지방 성분이 쉽게 변질되는 것을 막기 위해 육수를 뽑

은 즉시 얼렸다. 당시 가게가 좁아 냉장 시설을 제대로 갖출 수 없었던 한계 때문도 있었지만, 그런 과정에서 비결을 알게 된 것 같다. 손님에게 냉면을 내놓을 때 신선한 상태로 육수를 부으려면 언 육수를 잘게 부수는 과정을 거치게 된다. 그래서 우리 육수에는 살얼음이 끼는 것이다."

을밀대 사람들은 이곳 냉면을 두고 정통이냐, 퓨전이냐는 논란을 벌이는 것을 좋아하지 않는다. "본고장 평양에도 유명 가게들은 저마다의 맛을 내는 비법이 따로 있다고 한다. 우리 집도 우리만의 비결이 있는 거지, 무슨 변형이 아니다. 옛 단골 중에 나이 드신 이북 출신 손님들은 '당시 평양냉면 맛과 가장 가깝다'고들 하셨다."

그러나 분명한 변화도 있다. "2002년 육수 공장 설립 이전과 이후로 맛이 나뉜다는 지적을 인정한다. 증가하는 손님을 받기 위해서는 육수 생산량을 늘릴 수밖에 없었고 그에 따른 맛의 미세한 변화가 불가피했다. 전문가들도 화학적으로는 똑같은 비율을 유지해도 용량에 따라 맛의 차이가 날 수 있다고 한다. 라면 1개 끓일 때와 5개 끓일 때가 다른 것처럼."

어느 냉면 기술자의 꿈

김영길은 광고디자이너였다가 20년째 냉면 가게를 지키고 있다. 가게 규모가 커지던 1990년대 후반 김인주는 자기의 분신과도 같은 을밀대를 "오래도록 지키기 위해" 장남에게 냉면 일을 가르치기로 한다. 미대를 나와 10년째 대형 광고회사(대홍기획)에서 "광고에 미쳐 있던" 장남이 한사코 거부하자, 김인주는 봉고차를 몰고 집을 나가버렸다. 가출 6개월 만에 장남이 항복을 선언했는데도 그는 돌아오지 않았다. "한 반년쯤 더 지나서 아버지가 돌아오셨다. 아마도 혼자 배우고 깨닫는 시간을 주려 한 것 같다." 그 뒤로부터 가출하고 싶은 쪽은 내내 아들이었다. "아버지는 냉면 일에 관한 한 완벽주의자였다. 고생 좀 했다."

창업자 고 김인주, 사진 을밀대 제공.

아들이 가게 일에 참여하면서 달라진 점은 운영 체계였다. "아버지는 모든 걸 옛날 방식으로 하기를 원했다. 돈을 벌겠다는 욕심도 없으셨다. 그러다보니 폭발적으로 늘어나는 손님을 수용하는 데 한계가 드러났다." 영길은 은행 대출을 받아 이웃집을 하나둘씩 사들여 미로 같은 형태로 가게를 늘렸다. 주방 운영도 현대식 기자재를 들이고, 당시 대형 음식점에서나 볼 수 있던 '포스(컴퓨터 판매관리시스템)'를 고가에 도입했다. 훗날 매출의 기하급수적 성장을 생각하면 이 '과투자'는 미래를 대비한 혜안이었다.

잘나가던 을밀대에도 환란이 없었던 것은 아니다. 김인주

사망 후 을밀대가 겪은 가장 큰 시련은 형제간의 육수 분쟁과 '분열'이다. 김인주는 생전에 자식들이 분가하더라도 육수 공장을 똑같이 사용하도록 조처했다. 그러나 그의 갑작스러운 사망 후 형제들은 아버지의 유지를 받들지 못한 채 분쟁으로 치달았다. 당시 언론에서도 흥미 위주로 보도했던 '형제간 육수 전쟁'은 결국 소송 끝에 정리되고, 김인주의 을밀대는 여러 자식의 을밀대로 나뉘었다. 장남과 일산의 여동생이 한 육수를 쓰고, 나머지 형제들은 강남 지역과 백화점 등에서 독자적인 을밀대 냉면집을 경영하고 있다.

'을밀상춘 부벽완월(乙密賞春 浮碧翫月, 을밀대 봄 구경 부벽루 달맞이)'이라는 말이 있듯이 을밀대는 부벽루와 더불어 평양의 대표적 명승지다. 따라서 을밀대는 대한민국 사람이라면 누구나 상업적으로 쓸 수 있는 이름이다. '평양냉면집 을밀대'는 김인주가 동업한 평안도 고향 친구와 고심 끝에 지은 옥호다. '부벽루'는 1920년대 서울 최초의 전문 평양냉면집 이름이었다. 김인주가 이런 사실을 알았든 몰랐든 그것은 중요하지 않다. 그러나 김인주의 을밀대에 연원을 둔 가게만큼은 꼭 기억해야 할 것이 있다. 40년 전 어느 날, 서울 마포구 변두리 동네 골목에 조용히 내걸린 '평양냉면 을밀대'라는 분식점 간판엔 서울에 진짜 평양냉면집을 세워보겠다는, 가난했지만 자부심 높은 한 냉면 기술자의 포부가 서렸다는 것을.

【서울 부대고기집의 원조】

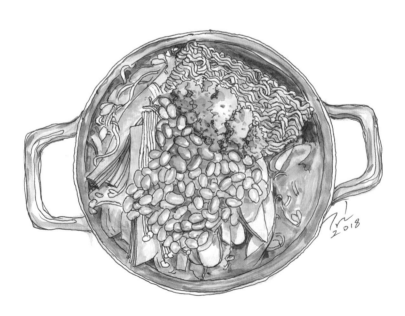

황해

since 1973

용산구 한강대로 88길 11-5

쌀국수는 동남아시아 전통 음식이지만, '베트남 쌀국수'는 프랑스 식민 지배의 산물이다. 베트남 북부 지역의 전통 쌀국수에 프랑스식 조리법이 더해진 것이 오늘날 우리나라 사람들도 즐겨 먹는 베트남 쌀국수다. 쌀국수를 뜻하는 베트남어 '포Pho'는 프랑스 수프 '포토푀pot-au-feu'에 어원을 두고 있다(《음식 잡학 사전》, 윤덕노, 북로드, 2007).

외세 침탈과 국토 분단의 역사를 공유한 우리나라에도 이런 음식이 적지 않다. 임오군란(1882) 때 청나라 군대를 따라온 산둥성 상인들이 먹던 '자장면炸醬麵'이 한국인의 입맛에 맞게 변형된 것이 짜장면이다. 김밥과 어묵은 일제 강점기에 들어온 '데카마키(김초밥)'와 오뎅의 영향을 받아 한국인들도 즐겨 먹는 간편 음식의 하나로 자리 잡았다.

전통과 외래가 섞여 새로운 맛이 탄생하는 게 인류 보편의 음식 역사라면, 16개국 군인(유엔군)이 참전하고 수만 명의 미군이 주둔하게 된 남한에서는 어떤 음식이 태어났을까? 6·25라는 전대미문의 국제전쟁은 부대찌개라는 희한한 혼종 음식을 낳았다. 김치를 넣어 끓이면 김치찌개이듯 부대찌개는 '부대고기'를 넣어 끓인 찌개다. 이때의 부대고기는 '미군이 먹는 고기'다. 미군 기지에 의존해 살던 한국인들이 '미군 부대에서 반출된 고기류와 소시지, 햄, 베이컨 같은 미제 가공육'을 총칭한 말이다. 부대고기집은 이런 미군용 고기와 가공육을 굽거나 찌개로 끓여 파는 식당을 일컬었다.

'남영동 스테이크'의 탄생

부대고기집은 미군이 주둔하던 곳이면 어디에서나 비슷한 형태로 존재했다. 경기도 의정부와 송탄은 부대찌개의 대표 지역으로 유명했다. 부대찌개가 본격적으로 대중화하기 전의 서울에서는 버터 바른 불판에 부대고기를 지글지글 구워내는 이른바 '남영동 스테이크'의 명성이 자자했다. 전성기인 1970년대 말에는 남영동 골목 안에만 30곳이 넘는 부대고기집이 밀집할 정도로 손님이 넘쳐났다. 그러나 강남 개발과 1980년대 3저 호황으로 외식산업이 다양화되고, 먹거리도 풍성해지면서 점차 퇴조하기 시작해 지금은 4~5곳만이 부대고기집의 명맥을 이어가고 있다.

2014년 서울시는 이런 '남영동 스테이크'의 문화사적 가치를 인식해, 용산구 남영동 부대고기 골목 안의 전문식당 '황해(집)'를 "보호할 가치가 있는 서울의 미래유산"으로 선정했다. 1973년 문을 연 황해는 남영동 스테이크 붐을 일으킨 원조집이자, 46년째 여전히 문을 열고 있는 터줏대감이기도 하다. 초창기 황해의 대표메뉴인 '티본 스테이크'는 특히 명물로 꼽혔고, 88올림픽 이후에는 깔끔한 맛의 부대찌개로 명성을 이어갔다.

대통령 빼고 다 다녀간 곳

황해의 주인은 최성국, 정순자 부부다. 황해라는 옥호는 최성국의 고향 황해도에서 따왔다. 1·4후퇴 때 최성국의 가족은 "길바닥에 깔린 시쳇더미를 밟으며" 피난을 해 전남 진도에 도착했다. 아버지를 잃고 어머니와 3남매가 거우 살아남았다. 진도에서 초등학교를 마친 뒤 "할 일도, 먹을 것도 없는 처지에서 벗어나기 위해" 17~18살 무렵 섬을 떠났다. 1960년 서울에 정착해 세탁소 종업원으로 살았다. 경남 진주에서 올라와 남영동에 뿌리내린 정순자는 22살 무렵 "지긋지긋

46년째 황해집을 지키고 있는 최성국, 정순자 부부.

하게 따라다니는" 세탁소 총각의 끈기에 밀려 1965년 그와 결혼
한다. 부부는 작은 세탁소를 운영하며 아이들을 낳고 살았다. 변
화는 오른 전세금을 감당하지 못해 이사를 고민하게 된 1973년
에 시작됐다.

　정순자는 근처 시장통에 무척 장사가 잘되는 식당이 있다는
소문을 듣고 찾아갔다. 마늘가루와 후추를 뿌린 소시지, 햄, 베이
컨 등을 철판에 굽는 정도였는데도 사람들이 줄을 서가며 사먹
고 있었다. 이런 식당이 드물었던 것은 밀반출에 의존하는 부대
고기를 안정적으로 공급받기 어렵기 때문이었다. 영업의 요체를

간파한 정순자는 남편의 우려를 무릅쓰고 '달라 빚'까지 내어 부
대고기집을 차린다. "세탁일은 지겨워도 음식만큼은 자신이 있
었던" 정순자는 자기만의 소스를 개발해 맛의 차별성을 기하고,
주메뉴로 티본 스테이크를 내세웠다. 양은 적어도 등심과 안심
을 같이 먹을 수 있는 '황해집 티본 스테이크'는 금세 대박이 났
다. 문을 열고 한 달 남짓 만에 빚을 모두 갚을 정도였다. 황해의
성공은 남영동 골목에 부대고기 바람을 일으켰다. 식당들이 우
후죽순처럼 생겨났다. 경쟁은 갈수록 치열해졌지만 그만큼 손
님들도 쇄도했다. 어느 집이든 고기 공급이 달릴까를 우려할 뿐,
손님이 없어 걱정하는 일은 없었다. "고급 관리들, 장성들은 물
론이고 연예인들도 줄을 이었지요. 청와대? 대통령 빼고 다 왔
고요."

미국인도 일본인도 엄지 척

현재 황해의 메뉴는 모둠구이와 부대
찌개다. 티본 스테이크는 미국산 뼈 있는 쇠고기 수입이 금지되
면서 메뉴에서 사라졌다. 지금은 같은 방법으로 등심을 굽는다.
모둠구이는 불판에 포일을 깔고 버터 덩어리를 녹인 다음 냉동
소고기와 소시지, 햄, 베이컨 등을 버섯, 양파, 감자 등과 함께 굽
는다. 적당히 익힌 다음 이 집만의 비밀인 짙은 갈색 소스를 듬
뿍 뿌려 고기에 간이 배도록 한다. 고기를 찍어 먹는 소스는 미

제 우스터소스와 간장을 섞어 쓰는데 전체적으로 묘한 조화를 이룬다. 고기는 약간 질긴 느낌인 대신, '미제' 가공육은 소스 맛과 잘 어울린다. 고기와 버섯 등은 역시 미국산 베이크드 빈스(토마토소스에 조린 콩)를 얹은 양배추와 고춧가루·간장으로 버무린 부추·양배추무침 등을 곁들여 먹으면 좋다. 부대고기 구이는 바비큐만 알던 미군들에게도 인기 만점이었다. "한국 사람 하나 없이 미군들로만 가게가 다 차는 날도 허다했습니다. 이 친구들은 부대고기를 최고의 맥주 안주로 쳤어요."

황해의 부대찌개는 기름기 없는 시원한 맛이 특징이다. 국물이 짜게 되는 것을 막기 위해 육수를 쓰지 않고, '민치(간 고기의 일본말. 영어 mince가 어원이다)를 넣어 맛을 조절하는 것이 특징이다. 부대고기의 기름진 맛을 잡기 위해 짧은 콩나물을 넣는 것도 차이점이다. 기름기와 짠맛을 덜기 위해 베이컨을 넣지 않고 소시지도 삶은 것을 쓴다.

"서양 손님들 가운데에도 해장 음식으로 부대찌개를 좋아하는 이가 많았지만, 일본 손님들이 가장 좋아했습니다. 일본에 가서 부대찌개 식당을 차리자고 졸라댄 사람도 있었지요."

서울에서 부대찌개가 '인기 음식'으로 대접받기 시작한 것은 대체로 88올림픽 전후로 본다. 황해에서 부대찌개가 주메뉴로 등장한 것도 1990년대 초반이다.

부대찌개는 미군 부대 잔반이나 남은 식재료를 사용해 끓였다는 '꿀꿀이죽' '유엔탕'의 소문 때문에 부정적 이미지가 적지 않았다. 그러다가 1960년대 의정부 '오뎅식당' 등이 지금의 부대찌개 원형이 되는 메뉴를 개발하면서 의정부, 송탄 등 미군 부대가 있는 지역을 중심으로 큰 인기를 모으기 시작했다.

부대찌개 대중화에 결정적 기여를 한 것은 88올림픽 개최를 위한 외국산 식재료 수입 완화와 국산 가공육 기술의 발달이었다. 그전까지 국산 가공육은 생선살과 전분을 섞은 것이어서 찌개를 끓일 수 없었다. 국산 소시지와 햄의 등장은 많은 식당이 미군 부대에 의존하지 않고도 양질의 부대찌개를 만들 수 있게 해주었다. '존슨탕' 같은 부대찌개 이름이 이 무렵에 등장한 것은 국산 '깡통(햄)'이 아닌 '미제 부대고기'로 만든 정통(?) 부대찌개를 강조하기 위한 차별화가 필요했기 때문일 것이다.

"번 돈을 다 세지 못하고 잠들어 버린 날도 많았다"는 황해의 영화도 저물어가고 있다. 미제의 우월성이 지배하던 시대는 벌써 지났고, 기름기 많고 살찌는 고단백 음식을 기피하는 웰빙 시대를 거치면서 황해를 비롯한 부대고기집의 운명은 이미 정해졌는지 모른다. 팔순을 앞둔 주인 노부부도 자식들의 가업 승계에 큰 관심이 없다. "자기 사업과 직업이 있는 아이들에게 억지로 힘든 부대고기 식당을 대물림하지 않겠다"는 생각이다. 남편 최 씨의 건강을 고려하면 "길어야 2~3년 정도가 아닐까 싶다." 무엇보다 결정적인 것은 "지난 반세기 가까이 의지해온 미군 부대가 떠난다"는 사실이다. 미군이 평택으로 옮겨 가고 그 자리에 평화공원이 들어서는 재개발의 시기를 지난 뒤에도 남영동 부대고기집들이 여전히 문을 열고 있을지는 알 수 없다. 그러나 부대고기 골목이 역사 속으로 사라진다 해도, 전쟁을 매개로 탄생한 '이상한 음식' 부대찌개는 이미 한국인의, 한국인에 의한, 한국인을 위한 한국 음식이 되어 있다. 베트남 쌀국수처럼 반세기쯤 뒤에는 전 세계인이 즐겨 먹는 '코리언 푸드'가 되어 있을지도 모른다.

【아버지의 이름으로
이어지는 멋】

신사복
청기와

since 1973

은평구 통일로 697

청기와 양복점은 서울 외곽 지역에서는 보기 드문 오래된 수제
양복점 중의 하나다. 1973년 현재의 자리에 문을 열어 올해로
45년째 영업 중이다. 지하철 3호선 불광역에서 옛 국립보건원(현
서울혁신파크) 맞은편 대로변을 바라보면 검은 바탕에 황금색 글
씨로 '명품신사복 청기와'라고 쓴 간판이 눈에 들어온다. 쇼윈도
에는 국제양복기술대회에서 받은 대상 상장이 자랑스레 걸려 있
다. 가게 문 좌우에는 특수체형전문 맞춤양복점임을 알리는 광고
도 보인다.

가게 문을 들어서면 클래식한 복고풍의 전형적인 양복점 분위기
에 풍채가 좋은 중년의 테일러(양복장이)가 손님을 맞이한다. 아
버지 고 황재홍에 이어 2대째 줄자를 목에 걸고 있는 황필승 씨
다. "외환위기(1997년) 시절 양복점이 부도 위기에 몰렸어요. 그
때 둘째 아들인 제가 경영 정상화를 위해 양복점 일을 거들었는
데, 그게 결국 2대에 걸쳐 천직이 되었네요."

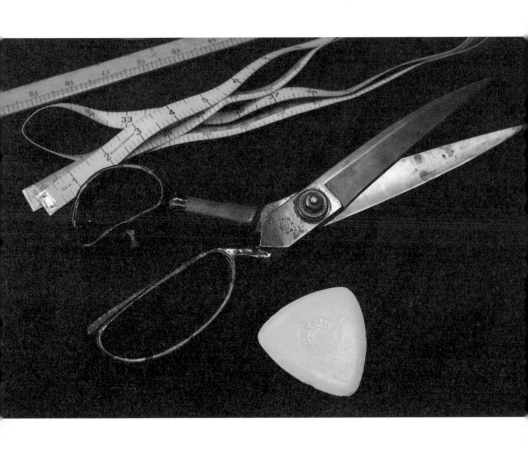

황재홍은 양복 기술이 뛰어날 뿐 아니라 체형이 좋지 않은 사람들에게 맞춤한 양복을 잘 만드는 것으로 정평을 얻은 재단사였다. 기성복이 대세를 이루면서 양복점이 사양화의 길을 걷기 시작한 1990년대에는 양복점에서는 재단만 하고 옷은 봉제공장에서 만드는 이른바 반맞춤MTM, made to measure 방식의 중저가 양복으로 어려운 시기를 극복했다. 아버지 재홍이 타계한 뒤에도 정통 수제 양복과 반맞춤 양복 생산방식을 병행하는 신사복 청기와의 운영 방식은 그대로 이어지고 있다. 말하자면 고급 수제 양복의 길만 고집하지 않고 맞춤 양복의 대중화 흐름도 받아들인 것이다.

사실 청기와보다 긴 역사를 자랑하는 명가들은 수두룩하다. 개화기인 1903년 처음으로 한국인 양복점이 생긴 이래 1916년 문을 연 종로양복점(중구 저동)이 2016년 창업 100주년을 맞이한 것은 양복업계로서는 뜻깊은 일이다. 서울시 미래유산으로 지정받은 퇴계로의 한영양복점(1932년), 소공로의 해창양복점(1945년) 등은 70~80년 이상의 역사를, 명동의 미성양복점(1954년)처럼 6·25 이후 양복 붐을 타고 문을 연 점포도 60여 년의 역사를 이어가고 있다.

청기와는 이런 내로라하는 명점들과 어깨를 견주며 서울시로부터 "보존할 가치가 있는" 미래유산의 하나로 지정됐다. 지역 주민의 소비 특성에 맞는 중저가 맞춤복 영역을 개척한 점, 아버지와 아들이 대를 이어가며 지역 상권을 꿋꿋이 지켜온 역사성 등을 인정받았다.

양복장이 전성시대

　　　　　미래유산으로서 청기와양복점의 역사는 창업자인 아버지 황재홍으로부터 시작한다. 황재홍은 14살부터 재봉 일을 배우기 시작해 60년을 테일러라는 자부심 하나로 산 사람이다. 20대 초반에 이미 독립적인 기술자로서 인정을 받았고, 전국주문신사복경연대회에서 대상(1981년)을 받을 만큼 양복 기술이 뛰어났다. 그는 손님이 옷을 마음에 들어 하지 않는 눈치면 두말없이 옷을 다시 만들어주었다.

　1973년 33살 때 단돈 3만 원으로 양복점을 연 사나이로도 업계에서 유명하다.

　"1970년대는 한국 양복이 국제기능올림픽을 연속 제패하면서 전국에 양복 기술 붐이 일어나던 때였습니다. 제대로 된 양복 기술 가진 사람치고 돈 못 번 사람이 없다고 할 만큼, 천대받던 양복 기술자들이 한껏 자부심을 드날릴 때였어요."

　풍속사의 관점에서 보면 한국의 산업화 시대는 '양복장이'의 전성시대기도 했던 것이다. 고도성장과 서구화로 너도나도

양복 한 벌쯤은 해 입는 시대가 되자 양복 사업은 '대박'이 났다.
1970년대 후반쯤 가면 전국에 양복점이 2만 개에 이를 만큼(《한
국양복 100년사》, 김진식, 미리내, 1990) 경쟁도 치열했다.

이 무렵 신사복 청기와도 수십 명의 직원을 거느릴 정도(봉
제공장도 같이 운영했다)로 규모가 컸다. 22살 때 처음 고향 대전
에서 양복점을 연 이래 "호인 기질의 경영으로" 두번째 양복점
도 말아먹은 뒤 거둔 2전3기의 성공이었다. 황재홍은 생전에 자
신을 "실패에서 배운 사람"이라고 자랑하기를 좋아했다. 아들
필승 씨는 "그 시절 많은 양복인들이 그렇듯이 아버지도 어려운
환경을 헤치고 자기 가게를 연 분이었습니다. '가방끈은 짧아도

열정과 적극성만은 누구한테도 지지 않는다'고 즐겨 말씀하셨다"고 회고한다. 평소 백수를 자신할 정도로 건강했다는 황재홍은 뒤늦게 발견한 췌장암으로 갑자기 세상을 떠났다.

지식과 기술이 만나다

필승 씨는 대학에서 기계공학을 전공하고 지인과 멀티미디어프로덕션을 운영하던 중, 부도 위기에 몰린 아버지를 도우러 나섰다가 아예 가업을 잇게 되었다. 아버지는 기술을 모르고선 양복점 사업을 제대로 할 수 없다며 그에게 양복 기술을 가르쳤다. 1990년대 후반에 양복 일은 이미 사양 산업으로 인식되고 있던 터라 한창 컴퓨터 사업을 시작하고 있던 필승 씨는 처음엔 양복점 경영에 필요한 정도만 배운다는 생각이었다.

"당시 맞춤 양복 시장이 살아 있었다면 저는 기술보다는 마케팅 쪽에 주력했을 겁니다. 최근 맞춤 양복 시장이 다시 활기를 띠는 것을 보니, 새삼 아버지의 혜안에 감탄합니다."

1990년대 후반부터 양복점을 공동으로 운영한 아버지와 아들은 이후 아버지가 타계할 때까지 '환상의 복식조'였다. "아들의 지식과 아버지의 기술 노하우가 잘 결합된 양복점"으로 소문이 나면서 고객들의 발길이 계속 이어졌다.

요즘 맞춤 양복업계는 '제2의 중흥기'를 기대할 만큼 활기를

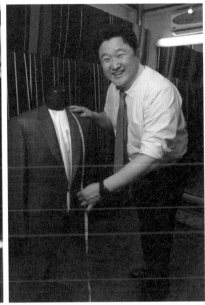

아버지 고 황재홍과 아들 필승. 사진 정연구 제공.

되찾고 있다. 소공동, 청담동 같은 패션가에는 양복점을 찾는 젊
은이들의 발길이 크게 늘었다. 테일러가 되기 위해 외국 유학을
떠나는 젊은이도 많다. 자기만의 멋을 추구하는 세대의 등장, 소
비력 있는 실버 세대의 복고 향수가 양복 소비를 늘리고 있는 것
이다. 기술과 유통의 발달로 중저가 반맞춤복의 품질이 고급 기
성복과 경쟁할 수 있는 수준까지 올라간 것도 주요 원인이다.

청기와 양복점의 반맞춤 가격대는 최하 39만 원대에서 시작
한다. 고가의 경우 100만 원대가 넘는 기성복 값으로 충분히 자

기 몸에 맞는 양복을 맞출 수 있는 셈이다.

"전통적인 재단 – 봉제 – 마무리 공정으로 옷을 만들면 최소 3~4명 이상의 손길이 필요했으나, 지금은 이 공정이 단축돼 인건비를 절감할 수 있게 되었습니다." 그러다 보니 이런 반맞춤 양복 가격은 10년 전과 별 차이가 없을 정도라고 한다. 물론 전통 방식의 고급 수제 맞춤복은 300만 원대에서 700만 원 이상 하기도 한다.

슬플 일 없는 행복한 직업

청기와 양복점의 주 고객은 아직도 50대 이상이 70%를 차지하고, 30% 정도가 20~40대들이다.

"백화점에서 100만 원짜리 기성복을 입어보고 와서 옷을 맞추는 사람도 적지 않은데, 기성복값으로 자기 취향에 맞는 옷을 만들어 입겠다는 거죠." 필승 씨는 그래서 사업 확장보다는 반맞춤 양복의 품질 향상을 통해 고객층을 다양화한다는 전략을 추구한다. 규모보다는 기술에 더 집중할 때라는 것.

그래도 뛰어난 재단사였던 아버지의 빈자리를 고객들은 느끼지 않을까?

"물론 전혀 아니라고는 할 수 없겠지만, 저 자신은 잘 못 느끼겠어요. 아버지가 돌아가신 뒤에도 3대가 함께 오시는 분들도 여전하니까요."

필승 씨는 우연한 상황에서 아버지의 양복점을 계승하게 된 것이 마치 '신의 한 수'처럼 감사하게 여겨진다고 했다.

"20년 가까이 양복점 일을 하면서 느낀 건데, 테일러는 슬플 일이 없는 직업입니다. 다들 입학식, 결혼식, 은혼식같이 기쁘고 좋은 일에 옷을 맞추잖아요? 심지어 장례식 예복도 미리 맞출 때는 슬퍼하지 않는답니다. 항상 기분 좋을 때, 기분 좋은 일로 고객들과 얽히며 일한다는 것이 정말 좋습니다."

필승 씨에게는 딸이 둘 있다.

"글쎄요, 지금은 관심이 없어 보입니다만, 양복 일을 배운다면 가게를 물려줄 수 있어요. 요즘은 여성 테일러도 가능한 시대니까요."

【 여전히 사람의 손으로 쇠를 다루다 】

동명
대장간

since 1956

강동구 진황도로 19

요즘은 단원 김홍도의 풍속화에서나 볼 수 있는 풍경으로 생각하는 사람이 많지만, 시뻘겋게 달군 쇠를 벼려 무엇이든 척척 만들어내는 솜씨 좋은 대장장이가 다 사라지지는 않았다. 그중에 강동구 천호사거리에 가면 80년째 가업을 이어가는 곳이 있다. 동명 대장간이다. 할아버지 대부터 손자까지 3대를 이어 100년을 바라보는 대장장이 가문은 전국에서도 흔치 않을 것이다.

1대 대장 강태봉이 "서울 동쪽에서 제일가는 대장간"을 꿈꾸며 대장간 이름을 '동명東明'이라 지은 것이 1956년. 처음 대장일을 시작한 곳은 1937년 고향 철원이었다. 강씨 집 사람들은 이 해를 가업의 기점으로 삼고 있다. 태봉은 2대 영기 씨가 14살이 되자, 하나뿐인 아들에게 쇠메(긴 나무자루를 끼운 망치)를 들게 했다.

동명대장간 2대 강영기(왼쪽)와 아들 단호.

모루를 사이에 두고 아버지와 아들이 쇠를 벼리는 부자 대장간의 출발이었다. 할아버지가 돌아가신 뒤인 2006년, 이번엔 26살이 된 3대 단호 씨가 아버지 영기의 반대를 무릅쓰고 스스로 쇠메를 들었다. 그럴 만한 이유가 있다.

서울 강남의 유일한 대장간

조선 시대 풍속화에서처럼 대장간은 몇 사람이 조를 이뤄 화덕에 불을 지펴 쇠를 달구고, 두드리고, 담금질해 농기구·말편자·무기 따위의 철제 용구를 만드는 전통 공방이다. 불을 지피는 풀무질, 망치로 쇠를 두드리는 메질(야장), 달군 쇠를 잡아주고 담금질을 하는 등 전체 작업을 주도하는 대장까지 세 가지 역할이 기본이다. 현대에 와서는 풀무와 메질 기계가 개발되어 두 사람이면 전체 공정을 할 수 있다. 그래도 불과 쇠를 다루는 일인 만큼 무척 위험하고 힘든 육체노동이다.

사람 손으로 쇠를 다루는 전통 대장간들이 대량생산이 가능한 기계화·공장화의 추세에 밀려 대부분 사라져갔지만, 소수의 살아남은 대장간들은 장인의 기술력과 희소성을 인정받으며 다시 활기를 띠고 있다. 건축 공사에 따르는 수요가 여전히 있는데다, 주말농장 등 도시농업의 발달, 자가 제작을 즐기는 여가 문화 등이 새로운 수요를 창출하고 있기 때문이다.

동명 대장간은 서울 강남 4구 지역의 유일한 전통 대장간이다 보니 지명도도 꽤 높은 편이다. 필자가 취재를 간 날 오후에도 두 팀의 사진가가 촬영 협조를 구하러 왔고, 여러 손님이 주문한 물건을 찾으러 왔다. 건설 일을 한다는 20년 단골은 "이 집 제품은 담금질 솜씨가 좋아서 쇠의 강도가 남다르다. 전문가라면 금세 알 수 있다"고 칭찬한다. 또 다른 손님은 주문한 보도블록용 집게 3개를 찾으러 경기도 성남에서 왔다. "인근에 철공소가 있지만 손에 맞지 않았다"는 그는 가져온 보도블록을 제작된 집게로 집어보더니 "딱이야!"라며 만족스러워했다.

방문 손님뿐 아니라 전국에서 주문이 들어온다. 담금질 정평이 높다 보니 동명 대장간의 인기 제품은 쇠의 강도가 핵심인 '정'이다. 포클레인에 장착해 콘크리트나 돌을 깨는 대형 제품에서 작은 정까지, 주문이 끊이지 않는다고 한다. 큰 공사를 맡은 곳에서 한번에 300~400개씩 대량 주문을 할 때도 적지 않다.

아침 6시 반에 문을 열고 저녁 8시에 닫는 동명 대장간의 수입은 얼마나 될까? 필자가 영기 씨의 이야기를 종합해 대략 속셈을 해보니 연 매출이 적어도 3억 원 안팎은 될 것으로 보였다. 3대 단호 씨가 대장일을 하기 전에 다니던 직장을 계속 다녔다면, 10여 년이 지난 지금 어느 쪽이 더 연봉이 많을까? "아, 봉급이요? 당연히 동명이죠." 10여 년 전 대장장이의 길을 가기로 한

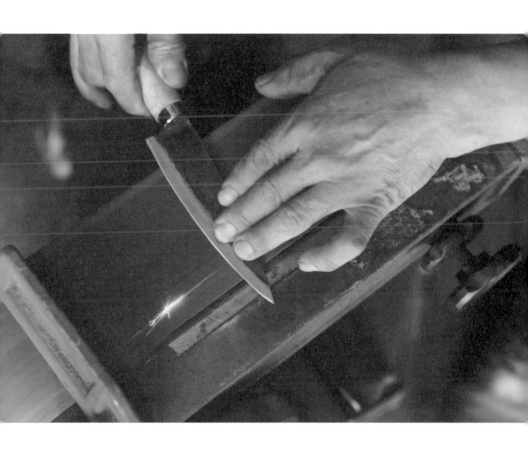

자신의 선택에 자부심이 묻어나는 표정이었다.

수입과 안정성 모두 만족

　　　　　　　　3대 단호 씨는 12년째 아버지와 함께 쇠를 벼리고 있다. 풀무질과 기초 메질은 기계가 하므로 육체적으로는 아버지가 일을 배울 때보다 덜 힘들지만, 아버지의 기량을 따라가기가 좀처럼 쉽지 않다. "10년을 했는데도 아버지 실력의 20% 정도밖에 안 되는 것 같다"고 한다. 대학에서 건축을 전공하고 건축회사를 다닌 단호 씨는 위암으로 고생하던 아버지를 보다 못해 대장일에 뛰어들었다. 아버지는 극력으로 반대했지만, 가업을 잇겠다는 단호 씨의 결심은 아버지가 만든 쇠만큼이나 단단했다. "기왕에 가업을 잇기로 한 이상, 내 손으로 두번째 100년을 열겠다는 각오로 시작했습니다. 우리 대장간이 100주년 될 때 제 나이 아직 57살밖에 안 되거든요."

　가업 승계를 결심하면서 단호 씨는 "미래의 대장간은 과거의 대장간과 다를 것"이라는 나름의 확신을 먼저 세웠다. 첨단 디지털 문명 속에서 대표적인 아날로그 문명인 대장간의 희소성과 전통성이 조화로운 가치를 발할 것이라는 전망이다. 어린이집을 다니는 1남 1녀의 가장이 된 지금, 그의 선택은 수입의 측면에서나, 안정성의 측면에서나 모두 성공적으로 보인다. 여기에 그가 꿈꾸는 미래 가치를 더하면?

현실, 2대의 선택

　　2대 영기 씨는 대장장이를 천직으로 아는 아버지의 손에 이끌려 일찍이 연필 대신 쇠메를 들었다. 지쳐서 졸고 있노라면 아버지는 망치를 두드려 아들을 깨웠다. 너무 고되고 희망도 안 보여 세 번을 도망쳤다. 목공 일도 해보고, 리어카 바퀴도 만들어 팔아보고, 공사판을 따라다녀도 보았으나, 결론은 대장간보다 나을 것이 없다는 것이었다.

　다시 아버지 곁으로 돌아와 1970~1980년대 건설 붐을 함께 타넘으며 집도 한 채 살 만큼 돈도 벌어보았다. 보증을 잘못 서

큰 빚을 지고 암에 걸렸을 때, 아들이 대장일을 하겠다고 나섰을 때의 울화통만 빼면 그의 인생에서 대장간을 선택한 것은 역시 잘한 일이었다.

손자에게 이어지는 가업

1956년, 앞은 장화를 신어야 건널 수 있는 뻘길, 뒤로는 공동묘지가 막고 선 외진 땅에 새끼줄을 치고 1대가 처음 '내' 대장간을 차렸다. 그는 대장장이를 자기에게 부여된 천직으로 여겼다. 하나뿐인 아들에게도 숙명을 요구했다. 마침내 둘은 서울 강남 일대에서 가장 유명한 대장장이 부자가 되었다. 1994년 기록에 따르면, 서울시가 정도 600년 기념 명소 600곳을 선정할 때, 대장간으로는 드물게 강동 변두리의 동명 대장간이 뽑혔으니, 대장장이로서 명성도 얻은 셈이었다. 물려받을 농토 한 뼘 없는 소년이 대장간으로 들어간 것을 선택이라고 할 수만은 없겠으나, 손자에게까지 가업이 이어지고 있는 것을 보면, 그 또한 자신의 선택이 틀렸다고 여기지 않을 것이다.

1대의 절박한 생존 투쟁이 2대에게는 현실을 버티는 뿌리가 되고, 3대에게는 미래를 떠받치는 기둥이 되고 있으니, 100년을 향한 동명 대장간 이야기는 이미 후편이 쓰이고 있는지 모른다. 단호 씨가 3대를 대표하여 말한 요지는 다음과 같다. "아버지는 내가 대장장이가 되는 것을 반대했지만, 나는 아들의 선택을 반대하지 않겠다. 아들 대한이가 지킬 20여 년 뒤의 대장간은 단순히 철제품을 수공으로 제작하는 공간만이 아닐 것이다. 역사와 문명의 시원을 재현하고 학습하며 전통문화를 계승하는 교육과 문화 비즈니스 공간으로 진화한 대장간을 나는 상상한다."

그렇다. 어쩌면 3대가 100년을 기다려온 일이 바야흐로 시작되고 있는데 왜 반대하겠는가?

명소로 떠오른
서울의 대장간들

쇠를 다루는 대장장이는 초기 인류 문명의 '문화 영웅'이었다. 전설적인 동이족 수장 '치우', 신라 석씨 왕조를 연 '석탈해' 등이 대표적이다. 농경 위주의 정착사회가 이뤄지면서 대장일은 점차 천시되었으나, 일상생활에서는 여전히 없어서는 안 될 존재였다. 고을마다 대장간이 있고, 외진 마을을 찾아다니는 떠돌이 대장장이도 있었다. 서울 같은 대도시 주변에는 집단 거주지가 형성되었다. 현재의 중구 쌍림동 지역인 '풀무고개', 성동구 금호동 일대의 '무쇠막고개'가 대표적인 대장간 마을이었다. 무쇠막고개는 이름만으로도 그곳이 쇠를 다루는 곳임을 알 수 있다. '금호金湖'라는 지명 역시 무쇠막을 한자로 표기한 '수철水鐵'리에서 파생한 것이다. 풀무고개는 지금의 장충동·묵정동·충무로5가의 옛 지명인 '야현冶峴'의 순우리말이다.

풀무고개에만 1970년대 말까지 70여 곳이 있었다는 대장간이 지금은 손으로 꼽을 정도만 남아 있다. 그 가운데 역사성과 희소성을 평가받아 서울 미래유산에 선정된 대장간은 동명 대장간을 비롯해 동광대장간(동대문구 왕산로 296-1), 불광대장간(은평구 통일로69길 15), 형제대장간(은평구 수색로 249) 등 4곳이다. 장인의 경력을 기준으로 모두 50년 이상 전통을 이어오고 있다. 최소 2명이 호흡을 맞춰야 하는 대장일의 특성 때문인지 부자, 형제가 함께 일한다. 이들 대장간들은 사람 손으로 직접 두드려 만든 질 좋은 단조 제품을 찾기 어려운 시대에 뛰어난 기술력을 인정받아 전국에서 주문이 들어오는 명소로 발돋움했다. 주말농장이나 'DIY(스스로 만들기)'를 즐기는 사람들은 집 가까운 대장간을 알아두면 자기 손에 딱 맞는 도구를 손에 넣을 수 있다.

2장

백년의
고집이
묘수가 되다

【인사동
문방사우의 자존심】

구하산방

since 1920's

종로구 인사동길 23-1

서울 인사동은 본래 '문방사우'의 거리였다. 1980년대까지만 해
도 40여 곳의 크고 작은 필방들이 어깨를 같이하고 있었다. 그러
던 인사동이 외국인을 호객하는 관광의 거리가 되면서 붓과 종
이, 먹과 벼루는 기념품과 화장품, 식당과 커피 가게에 자리를 빼
앗기는 신세가 되었다. 외세 침탈과 내전, 급격한 서구화를 경험
한 우리나라에서 중국 베이징의 '리우리창(전통 문방구 거리)'이
나 일본 교토의 '규쿄도(전통 문방구점)'의 역사까지는 아니더라
도, 조선이 선비의 나라, 문인의 나라였다는 자부의 자취마저 부
박한 상업주의에 밀려 사라져간다는 것은 애석함을 넘어 부끄러
워해야 할 일 아닐까.

이제 인사동에는 10여 곳의 필방이 겨우겨우 남아 있다. 이마저
도 앞서서 인사동을 떠난 필방의 운명을 따를지, 아니면 이순신
의 12척 배가 될지는 전적으로 우리 자신(좁혀서 말하면 서울시장
님과 그의 사람들)의 손에 달려 있다. 그중 한 가게를 찾아가 본다.
인사동 4거리에서 공평동 방향으로 조금 올라가면 왼편에 있는
'구하산방九霞山房'이다. 인사동에서 전문 서화 재료를 파는 필방
중 가장 오랜 역사를 간직하고 있다. '구하' 또는 '구하산'은 옛
중국 시에 보이는 말로, 신선이 노니는 하늘 뜨락, 또는 하늘 정
원 속의 깊은 산, 즉 '선계'를 의미한다.

왕실 납품에 견줄 만한 명품

　　　　　　　　구하산방은 1920년대를 전후해 처음
문을 열었다. 100년의 전통답게 그동안 수많은 서화가, 한학자,
시서화에 능한 다방면의 명사들이 드나들던 문화 명소다. 전국
의 명인, 명장들이 만드는 붓과 종이를 팔았을 뿐 아니라 중국,
일본, 대만의 명품들을 우리 작가들에게 제공하는 다리 구실도
했다.

　가게 안으로 들어가 보면 다양한 크기와 품질의 붓과 종이,

먹과 벼루, 연적, 필세(먹이나 물감이 묻은 붓을 빠는 그릇) 등 갖가지 문방품, 수많은 색깔의 안료, 전각석 등이 빈틈없이 진열돼 있다. 오래된 가게답게 몇몇 글씨와 그림도 예사롭지 않다. 가게 안쪽 정면에는 '고순어용高純御用'이란 전서체 글씨가 방문객의 눈길을 끈다. 서예가 정향 조병호가 구하산방과의 60년 인연을 기념해 써준 글씨라고 한다. "고종과 순종도 즐겨 사용했다"는 뜻이니, 구하산방의 물건을 왕실 납품의 반열에 둔 칭찬이다. 정향은 고 신영복 선생이 대전교도소 수감 시절에 붓글씨를 가르친 인연으로도 알려져 있다. 주인장 책상 앞 벽에는 중국 근대의 대화가 치바이스齊白石의 유명한 새우 그림이 비매품 딱지를 붙이고 있고, 월남 이상재 선생이 서예가 우당 유창환에게 쓴 행초行草 편지도 보인다. 구하산방의 세번째 주인 홍문희의 난초 그림, 현재의 구하산방 대표 홍수희 씨의 전각 작품도 눈에 띈다.

인사동에 자리를 잡기까지

일제 강점기에 일본인 부유층을 상대로 고급 물품을 거래하는 상점은 대부분 일본인이 개업했다. 구하산방도 예외는 아니어서, 히로시마 출신의 가키타 노리오柿田憲男라는 사람이 처음 문을 열었다. 가키타는 "동양전통문화에 조예가 있는" 상인으로, 부산에서 고급 지필묵 수입가게인 '구하

당九霞堂'을 차렸고, 이 가게가 장사가 잘되자, 서울로 진출해 당시 진고개(지금의 충무로 일대)에 지점을 낸 것이 오늘의 구하산방이다.

해방 후 가키타에게 가게를 물려받은 사람이 고미술상인으로 유명한 우당 홍기대이다. 홍 옹은 독립운동가인 아버지가 중국으로 망명하는 바람에 진학을 포기하고 1935년 14살의 나이에 구하산방의 점원이 되면서 고미술과 인연을 맺은 사람이다. 구하산방 초창기의 일은 우당의 회고록《우당 홍기대 조선백자와 80년》(컬처북스, 2014)에 잘 나와 있다.

창업자 가키타는 조선과 일본의 문화교류에 대한 지식을 갖고 있었던 것 같다. 구하산방이라는 상점 이름도 일본 미술에 끼친 조선의 영향에서 유래한 것으로 추정해볼 수 있다. 일본 에도 시대 화가 이케노 다이가池大雅는 '일본 문인화의 비조'로 추앙받는 대가인데, 10여 개에 이른 그의 호에는 대아당大雅堂을 비롯해 구하 또는 구하산초(구하산의 나뭇꾼)가 있었다. 이케노는 김유성을 비롯해 통신사 일행으로 일본에 간 조선 화원들에게서 조선 산수화와 문인화 기법을 흡수해보려 했던 것으로 알려져 있다.

가키타가 "묵객의 풍도가 있어 하이쿠를 잘 지었고", 동생도 "일본 미인도를 그리는 화가"였음을 생각할 때, 평소 김유성과 이케노의 일화를 알고 있던 가키타가 이케노의 호에서 조선 미술품을 거래하는 상점 이름을 가져왔지는 않을까.

고미술상인 홍기대

구하산방은 지필묵 가게로 문을 열었지만 조선 고미술품 상점으로 더 유명했다. 당연히 일제강점기와 해방 전후의 혼란기에는 우리 문화재가 일본으로 유출되는 통로로 이용되기도 하였겠지만, 조선인 대수집가인 간송 전형필과 고미술상인 우당 홍기대 같은 사람들이 우리 문화재의 가치를 재발견하고 보호에 나서게 한 공로도 결코 무시할 수 없을 것이다.

　　우당은 구하산방 주인 가키타와 마에다 사이치로라는 조선 도자기 수집가에게 도자기 감정과 거래 기술에 대해 배워 유명한 고미술상으로 성장했다. 그의 회고록을 보면, 구하산방에는 많은 일본인과 조선인 고미술상인, 해방 후에는 그레고리 헨더슨 같은 미군정 관리나 외국 외교관들이 드나들며 우리 문화재를 수집했다. 우리나라 수집가로는 전형필, 소전 손재형 등이 유명하고, 인촌 김성수, 창랑 장택상 같은 정치인 이름도 보인다. 박정희 정권 때는 김형욱·이후락 전 중앙정보부장 같은 권력자들도 구하산방에 은밀히 사람을 보냈다. 기업인으로는 삼성 이건희 회장 부부가 있다. 우당은 30대의 재벌 2세 이건희에게 도자기 보는 눈을 틔워주고, 좋은 물건을 소개해주는 등 훗날 삼성 리움미술관이 다수의 명품으로 채워지는 데 일조했다.

　　해방 뒤 고미술상인으로 본격적인 활동을 시작한 우당은 6·25 전란으로 도자기를 비롯한 수천 점의 고미술 수집품이 잿더미로 돌아가자, 명동을 거쳐 인사동으로 구하산방을 옮겼다. 구하산방은 이후에도 낮은 임대료를 찾아 안국동, 견지동, 공평동 등지를 전전하다 2006년 현재의 인사동 4거리에 자리를 잡았다. 구하산방은 우당이 고미술 거래에 전념하게 되면서 1972년 우당의 손아래 당숙인 홍문희에게 넘어갔고, 1987년부터 홍문희의 동생 수희 씨가 운영하고 있다.

근대 미술인들의 명소

구하산방은 고미술 거래와 함께 전문 지필묵 가게로도 명성이 매우 높았다. 주 고객은 일본인이었지만, 한국의 유명 화가, 서예가들도 애용했다. 우당의 회고록에는 초창기 구하산방의 고객으로 이당 김은호, 청전 이상범, 소정 변관식과 같은 대가의 이름들이 줄줄이 등장한다. 해방 후에는 고암 이응로, 도천 도상봉, 수화 김환기 등이 유명하다. 위창 오세창, 구룡산인 김용진, 석정 안종원, 성재 이관구 같은 한학자, 서화가들도 구하산방과 인연을 맺고 있다. 우당은 "구하산방을 모르면 문인이나 화가가 아니라는 말이 날 정도였다"라고 기록하고 있다.

오늘날 구하산방에서 다루는 서화재료는 1,000여 가지에 이른다. 만 원 미만의 학습용 붓에서 수백만 원짜리 최고급 서호필(쥐수염으로 만든 붓)까지 글씨용과 그림용 붓을 생산하고 판매한다. 국내외 유명한 장인이 만든 명품을 작가들에게 제공하는 가교 구실을 여전히 계속하고 있다. 구하산방은 초창기부터 자신들이 제작한 붓에 구하산방이란 상호를 새겨 팔았는데, 현재는 중국에 세운 공장에서 생산한 것을 판다. 홍 대표는 "국내에서는 점점 양질의 재료를 싸게 구할 수 없고, 인건비마저 올라 중국으로 나갈 수밖에 없었다"고 말한다.

홍 대표는 다니던 건설회사가 부도가 나는 바람에 형이 운

영하는 구하산방에 들어왔다. 그는 인터뷰 내내 전통 장인들과 필방 경영의 어려움을 토로했다. "가게에 들르는 장인들마다 한숨이에요. 노가다만도 못하다고요. 명색이 인간문화재인데 종일 붓을 만들어도 하루 10만 원 벌이도 못 되니…. 정부가 대책을 세우지 않으면 얼마 가지 못해 우리 손으로 붓 한 자루, 한지 한 장 만들지 못하는 때가 닥칩니다. 그때 가서 후회해도 소용없어요." 그는 시급한 일로 몇 가지를 거듭해 외친다. 첫째 학교교육에서 서예 교육을 부활시킬 것, 둘째 인사동에 베이징의 리우리창 같은 전통 예술가를 위한 전문상가나 거리를 조성할 것, 셋째 오래된 가게에는 세금을 좀 깎아줄 것.

"가게가 100년 가는 걸 보면 장사가 잘되는 거 아니냐? 그러니 세금 더 내라. 이게 말이 됩니까?"

참고로 베이징의 리우리창은 500년 역사를, 교토의 규쿄도는 300년 전통을 자랑한다는데, 그들의 세금 명세가 궁금하다.

【도장을 예술의
경지로 끌어올리다】

인예랑

since 1979

종로구 인사동4길 17

백년에 이르거나 백년을 향해 가는 가게를 희망찬 시선으로 소개하는 것이 마땅하건만, 이 이야기만큼은 희미한 촛불의 잔영을 바라보는 애잔함으로 글을 시작한다. 1999년 대한민국 정부는 "규제완화에 필요하다"며 도장을 새겨 판매하는 업종에 관한 법률인 '인장印章업법'을 폐지했다. 수많은 인장공예 장인들과 '도장가게'들이 한순간에 직업(인)으로서의 법적 근거를 잃었고, 도장을 파는 일은 기계만 있으면 "아무나 할 수 있는 일"이 되고 말았다.

컴퓨터의 발달, 온라인거래의 활성화, 사인(서명) 제도 도입 등 한꺼번에 밀어닥친 시대의 변화는 수많은 '도장장이'들을 좌절의 나락으로 밀어 넣었다. 1996년 6,700여 명이던 인장인 단체 회원 수는 법 폐지를 기점으로 크게 줄기 시작해, 불과 10년 만에 2,900여 명 수준으로 떨어졌다(사단법인 한국인장인업연합회 회원 통계).

인장 명인 황보근의 전각작품들.

인장공예기능사 자격시험(고용노동부 주관)도 2004년을 끝으로 "응시자가 없다"는 이유로 사실상 폐지됐다. 현재 2,600여 명으로 추산되는 인장공예기능사 자격증은 '장롱 면허'나 다름없이 방치돼 있다. 전각으로서의 예술성과 인증印證의 실용성을 겸비하면서 오랫동안 한국 근대 생활문화의 하나였던 인장이 어느덧 절멸의 위기에 있는 셈이다.

황보근에게 가보시오

손으로 새기는 수제 인장은 정말 맥이 끊어지는 것일까? 서울의 도장가게들이 모여 있는 창신동 일대마저도 이제는 드문드문 도장가게와 재료상들이 눈에 띨 뿐이다. 손으로 정성껏 글자를 새긴 수제 인장을 더는 볼 수 없을지 모른다는 비관 속에서도 전통문화로서의 명맥이 이어지기를 바라는 마음에 인장 명가로 이름이 높았던 신세계백화점 옥새당 대표 일연 이동일 선생을 찾아갔다.

이동일은 가난에 쫓겨 초등학교를 채 마치지 못한 나이에 인장 일에 들어섰지만 일찍이 중국 전각서적을 섭렵하며 인장 업계의 이론가로 주목을 받았고, "하루에 한 개만 새긴다"는 작가주의 명인으로 유명했다. 63세 때인 2002년 '대한민국 인장공예 명장'에 선정된 그는 노경에 들자 가게를 접고, 자택에서 지인들의 부탁성 주문에만 응하고 있다. 인장업의 미래를 묻는 필자에게 그가 말했다. "나는 이미 늙었소. 인사동에 황보근이라고 있는데 그에게 가보시오."

공방 겸 사랑방

이동일은 황보근에 대해 "예술적인 측면에서 당대 최고"라고 했다. "60대 중반의 완숙한 나이이고, 인장기능사회 회장도 맡고 있으니, 인장업계를 대표해 말할 수 있는 사람"이라고도 했다. 노인의 천거를 듣고 찾아간 곳은 뜻밖에도 인장가게가 아니라 보이차를 파는 곳이었다. 오가면서 몇 번 보기도 했던 보이차 상점 '푸어재'의 주인이 "우리나라 인장 예술을 한 차원 높였다"는 격찬에 넘친 추천을 받은 동구 황보근이었다.

인장의 명인이 도장이 아니라 차를 팔고 있는 이유에 대해서는 더 묻지 않기로 하자. 명장의 입으로 "도장만으로 밥 먹고살기 힘들다"는 말을 꼭 들어야 할 필요는 없으니까. 그는 2012년 대한민국 인장 명장에 선정된 뒤 인장가게를 인사동 골목 안 빌딩 속에 숨겼다. 명장이 보이차 장사를 하면서 인장가게도 열고 있는 게 스스로도 보기가 좋지 않았다.

　　인사동 건국빌딩 본관 2층에 있는 황보근의 인예랑印藝廊은
인장가게라기보다는 서(書, 붓글씨)와 각(刻, 전각)의 공방이자 시
인·묵객들의 사랑방 같은 분위기다. 작업 탁자를 둘러싼 공간
에는 그동안 그가 새긴 수많은 명품 도장과 전각, 서예 작품들
이 즐비하다. 황보근은 전각뿐 아니라 붓글씨에서도 일가를 이
룬 사람이다. 그가 젊은 시절 '한·중·일 30~40대 청년작가 초
대전'(1997)에 출품한 한글서예 〈오우가〉, 올해 예술의전당 주최
'오늘의 한국서예전' 출품작 〈반야심경〉은 얼핏 봐도 예사롭지
않은 명품이다.

모방에서 예술로

황보근의 이력은 화려하다. 그는 30대 초반의 나이에 '전국 인각기술경연대회'에서 사상 처음으로 각인부와 고무인부에서 모두 대상(1985)을 거머쥐었다. 그 후 인장인을 대표하여 '제5대 대한민국 국새 제작·감리위원'(2012)을 맡으며 대한민국 명장의 반열에 올랐다.

황보근은 서예를 잘하는 아버지가 고무도장에 낙관을 새기는 것을 흉내내며 성장했다. 그는 모방의 귀재였다. 한번 본 것은 어김없이 모사했다. 부산에서 고교를 다니다 말고 서울에 올라와 훗날 인장공예 명장(2008)에 오른 대선배 유태홍의 지도를 받으며 인장업계에 입문했다. 1971년, 군 제대 후 인예랑의 모태가 되는 개인 공방을 열면서 독자적인 경지를 개척하기 시작했다. 이 무렵부터 인장의 기초가 되는 서예와 전각에도 눈을 돌렸다.

"정식으로 글씨를 배우라고 권하는 분들이 있었지만 나는 시큰둥했어요. 웬만한 글씨는 대충 흉내낼 수 있었으니까요. 그런데 일을 할수록 그게 아니더군요. 정통 서법을 익히지 않고서는 인장에서도 더 높은 차원을 열기 어렵다는 것을 깨달았습니다."

무슨 일이건 최고가 아니면 직성이 풀리지 않는 성격도 그를 "미친 듯이" 각의 세계로 몰아넣었다.

"인사동에 인예랑 간판을 건 직후인 1980년대 초, 한복 치맛단에 들어가는 금박문양 원판을 새기는 일을 맡았는데, 원판 하나에는 보통 40~50가지의 글씨와 무늬가 들어갑니다. 이런 원판 제작을 130여 차례 반복하면서 나도 모르게 각의 기술에 완전히 눈을 떴지요."

한번 칼을 들면 만족할 때까지 며칠씩 밤을 새우는 집념과 서예·전각으로 다진 기본기가 합쳐지면서 그의 인장 기예는 한 차원 높은 경지로 들어서게 되었다.

수많은 선배를 제치고 불과 31살에 인장기능사 1급 자격증(1981)을 딴 그는 4년 뒤 '한국 인각 작품 공모전 종합대상'을 받으며 일약 인장계의 총아로 발돋움했다. 이후 '대한민국 미술대전 전각 부문 최고상'(1994), '대한민국 미술대전 서예 부문 심사위원장'(1995) 등을 거치면서 인장, 전각, 서예 각 분야에서 모두 대가의 반열에 올라섰다. 인장가로서는 드물게 과천국립현대미술관, 예술의전당, 서울시립미술관 등에서 모두 초대 작가로 작품을 전시했다.

도장 일에서 시작해 전각 예술과 서예로 예술 영역을 확장해간 그는 "손과 머리와 마음이 함께 움직일 때 예술은 아름답다"는 존 러스킨(John Ruskin, 예술평론가 겸 화가)의 말을 좋아한다. "손으로 할 수 있는 능력만으로는 기술이나 기능에 불과하지요. 손기술에다 그 분야의 지식(머리)과 사랑(마음)이 더해질 때 예술의 경지에 들어갈 수 있다고 믿습니다."

그는 인장 부문에서 유태홍이 스승이라면, 전각과 서예에서는 전각가 김양동(전 계명대 교수), 인간과 예술이 하나가 되는 경지는 장일순이나 김구용 같은 철학자, 시인과의 교유에서 가르

125

침을 얻었다고 말한다. "무위당(장일순)으로부터 인향만리人香萬里의 품격을 배웠다"는 그는 인예랑의 중앙 벽에 무위당의 글씨 〈석각락(石刻樂, 돌을 새기는 즐거움)〉을 걸어두고 "각을 할 때마다 '즐거움'을 생각"한다.

인장예술의 미래

그런 그에게 인장일은 단순한 생업만이 아니다. "도장도 하나의 상품이다 보니 상업적인 측면을 무시할 수 없지요. 도장에서 길상(운수가 좋을 조짐)을 따지는 일 등이 그렇고요. 그러나 인장이란 그것을 새긴 사람의 정성과 자세, 그것을 주문한 사람의 인품과 심미안이 교감할 때 명품이 되는 것이라고 생각합니다. 그런 인장에 길상과 화복도 담기는 것이고요."

"인장예술이 돈이 안 되는 지금" 그는 예술가로서 자신의 가치와 예술성을 인정하고 높이 평가해주는 고객들에게 작품을 만들어준다고 한다.

"값도 마찬가지입니다. 사회적 지위나 재부가 있는 분은 그에 걸맞은 값으로 대우하는 것이 예의이고, 순수하게 제 각이 좋아서 찾아오는 분들에게는 그분의 사정에 맞는 가격으로 예우하는 게 서로 간의 예의라고 생각합니다. 작품에 기울이는 정성에는 차이가 있을 수 없지만요."

작업실 석각락(石刻樂)에서 황보근.

인예랑은 또 좋은 인장 재료를 구하는 사람들이 자주 찾는 곳이다. '벼락 맞은 대추나무'나 상아 같은 고급 희귀 재료, 회양목 같은 도장용 나무 등은 대중들에게 많이 알려져 있다. 그러나 그는 "더욱 저렴하면서도 좋은 작품을 새길 수 있는 새로운 인장 재료를 찾으려는 노력은 멈추지 말아야 한다"며 다양한 명인 재료를 발굴해 새롭고 좋은 작품이 탄생하도록 돕는 역할도 하고 있다.

그는 앞으로 할 일에 대해 두 가지를 강조한다. 개인적으로는 그동안 자신이 추구한 인장공예의 기술과 미학을 집대성한 책을 내는 것이고, 인장업계 차원에서는 수제 인장으로만 인감을 제작하도록 명시하는 인감증명법 개정을 관철하는 것이다.

"한·중·일 인감 제도는 서양의 공증 제도보다 비용이 싸고, 위변조 방지 기능도 탁월한 제도입니다. 기계로 제작한 인장은 위변조를 할 수 있지만, 사람 손으로 새긴 것은 불가능하지요. 오죽하면 변호사와 공증 단체들도 인감 제도의 필요성을 주장하겠습니까?"

그는 인장 기능은 "주로 앉아서 일하는 장애인에게도 좋은 직업"이라며 전통문화 보전과 함께 일자리 확보 차원에서도 인장공예의 보호 필요성을 정부에 꼭 알리고 싶다고 말했다.

【
시
민
이

지
킨

서
점
】

홍익문고
since 1957

서대문구 연세로2

우리나라에서는 오랜 전통의 서점을 찾아보기 어렵다. 책이 문화
교양의 중심 매개였던 1980~1990년대가 저물자 책방에도 겨울
이 왔다. 1981년 문을 연 대형서점 교보문고가 서점업계의 맹주
로 올라서는 30여 년 동안, '그 밖의' 서점들은 멸종을 걱정해야
할 처지로 내몰렸다. 2005년 기준 2,103개이던 전국 서점 수는
2017년 말 기준으로 1,536개로 26.9%가 줄었다(《2018 한국서점편
람》, 한국서점조합연합회). 도서정가제 강화 등으로 다소 완화되었
다고는 하지만 서점의 감소 추세는 그다지 바뀌지 않고 있다.
연세대, 서강대, 이대 등이 몰려 있는 대학가 신촌에도 '오늘의
책', '알서림', '신촌서점' 같은 서점들이 유명했지만, 경영 악화로
이미 오래전에 문을 닫은 것을 생각하면, 홍익문고가 반세기 넘
도록 건재한 것은 거의 기적에 가까운 일이다.

전철 2호선 신촌역에서 연세대학교 쪽 출구로 나오면 바로 보이는 5층짜리 흰색 건물이 홍익문고다. 교통 요지인 데다 책을 읽으며 기다릴 수 있는 장점 때문에 오래전부터 신촌의 대표적인 약속 장소였다. "강남에는 뉴욕제과, 강북에선 홍익문고"라고 할 만큼 유명했다. 신촌에서 학교를 다니지 않은 필자조차 홍익문고에서 시집 등을 뒤적이며 누군가를 기다리던 추억을 여러 개 가지고 있을 정도다. 지금도 홍익문고 1층에는 그때처럼 시, 소설, 수필 등 문학류와 자기계발서, 잡지류 등이 배치돼 있다. 약속의 명소다운 배려이자 마케팅 전략이기도 한 이 배치는 홍익문고만의 '특색 있는 역사'를 들려주는 듯하다.

　1978년, 현재 위치로 이전한 뒤 많은 이들의 추억의 장소가 된 홍익문고가 올해로 창업 61주년을 맞이했다. 창업자인 고 박인철은 22살 때 판잣집을 세 얻어 낸 헌책방 이름을 홍익弘益이라 정했다. 단군신화의 '홍익인간'에서 따온 것으로 '책으로 세상을 널리 이롭게 하겠다'는 포부였다. 홍익문고는 반세기 지나도록 지하 1~지상 4층(층 평균 30평 안팎) 매장에 수십만 권의 책을 분야별로 진열해놓고 하루 평균 1,000~1,500여 명의 고객을 맞고 있다. 판매 비중이 높은 분야는 취업, 어학, 학습지류. 인터넷

콘텐츠 이용, 학습 인구의 감소, 대형서점의 영향 등으로 해마다 매출 감소를 겪고 있지만, 건물이 자가여서 임대료 부담이 없다는 점이 버팀목 노릇을 해주고 있다.

사실 건물의 뛰어난 입지를 고려할 때, 자본주의 논리대로라면 서점보다는 임대사업을 하는 것이 훨씬 이익이 되는 데도 현 대표 박세진 씨는 아버지의 '유지'에 따라 순수 서점 운영을 고집하고 있다.

감동의 서점 살리기 운동

리어카 행상에서 출발해 신촌 번화가 요지의 5층 건물 주인이 된 홍익문고에도 위기가 없었던 것은 아니다. 그중에서도 가장 큰 위기는 신촌 일대 재개발 계획이었다. 재개발을 받아들이면 홍익문고 건물은 철거되고 서점은 없어지거나 다른 곳으로 축소 이전될 수밖에 없는 상황. 이 소식을 들은 신촌 일대의 주민단체, 은사인 당시 연세대 총장 정찬영 교수 등 연세대 동문·재학생, 책단체 등이 '홍익문고 지키기 주민모임'을 결성해 반대 탄원운동을 벌인 끝에 극적으로 재개발 지정 대상에서 제외될 수 있었다. 2012년의 일이다. 이는 아버지의 사망으로 막 서점을 물려받았던 젊은 박 대표에게 큰 감동과 함께 새로운 다짐을 굳히는 계기가 되었다.

"홍익문고의 문화적 가치를 잊지 않고 지켜준 시민들의 도

움이 없었다면 오늘의 홍익은 존재할 수 없었을 겁니다."

　엘지전자 부장이던 세진 씨는 아버지 박인철이 암 투병 끝에 사망하자 2009년 회사를 그만두고 가업을 승계했으나, 서점의 모든 일이 아직은 서투르고 힘들기만 할 때였다.

　"남들은 빌딩을 재건축해서 임대사업으로 전환하면 2~3배더 돈을 벌 수 있을 텐데 왜 저러나 싶었을 겁니다. 그러나 재개발 계획안에 동의하기 어려운 부분이 있었고, 무엇보다 아들로서 아버지의 유지를 쉽게 포기할 수 없었습니다."

　이 일이 있고 나서 그는 '지금부터는 내 힘으로 지킨다'는 사명감을 가슴에 새기게 되었다고 한다. 그는 홍익문고 외벽에 도

와준 분들에 대한 감사의 말과 함께 "홍익문고를 100년까지 이어가겠다"는 다짐의 말을 내걸었다. 모두의 앞에서 자신에게 하는 약속이었다.

"만약 홍익문고에 커피숍이나 식당 같은 임대사업이 들어 있었다면 그 많은 사람들이 그렇게까지 발 벗고 나서 주었을까요? '백년서점 – 홍익문고'라는 슬로건을 내건 건 무엇보다 나 자신을 위한 것이었습니다."

몽당빗자루의 교훈

홍익문고 매장에 들어서면 인상적인 것 중의 하나가 흰색 페인트칠이 된 오래돼 보이는 판매대와 안내데스크들이다. 대부분 창업자 박인철이 직접 제작하고 색을 칠한 것들인데, 모서리가 마모되고 페인트가 벗겨진 대로 지금껏 사용하고 있다. 그래서 오랜만에 홍익문고를 찾은 손님들도 추억 어린 표정을 지을 수밖에 없다. '어, 옛날하고 똑같네….'

"요즘 시대에 맞게 인테리어를 하는 게 낫지 않겠느냐고 하는 사람도 많습니다. 그러나 저는 이 서점 전체가 아버지의 유품이라고 생각합니다. 그래서 큰 틀은 바꾸지 않고 부분부분 고쳐가며 그대로 쓰고 있습니다." 시간이 멈춰 쌓인 것 같은 분위기가 역설적으로 61년 홍익문고의 전통을 웅변하고 있는 셈이다.

박인철은 근검절약이 몸에 밴 사람이었다. 손에 지문이 닳

홍익문고 창업자 고 박인철의 아들 세진.

아 없어질 정도로 하루도 쉬는 날이 없었다. 세진 씨가 돌아가신 아버지를 추억할 때면 "손끝이 까맣고 맨질맨질한" 그의 손가락부터 떠올릴 정도다. 세진 씨에 따르면 박인철이 사후에 남긴 개인 물품은 딱 세 가지. 고무줄로 묶은 작은 트랜지스터라디오, 손바닥만 한 휴대폰, 낡아서 너덜너덜해진 손지갑.

홍익문고에는 그가 생전에 서점 바닥을 쓸던 몽당빗자루도 여전히 남아 있다. "워낙 아껴 쓰는 분이기도 했지만, 몽당빗자루 하나에도 서점을 지키는 혼령이 깃들어 있다고 믿으셨지요. 늘 입에 달고 계셨죠. 물건, 함부로 버리지 마라."

소중한 것은
시간을 넘어 이어진다

요즘 홍익문고는 다른 동네서점들처럼 경영 상태가 썩 좋지 않다. 인터넷과 스마트폰 등의 영향으로 일반 교양서적이 잘 팔리지 않는 데다, 학습 인구의 감소로 참고서, 문제집류의 판매량도 자꾸 줄어들고 있다. 게다가 신촌 주변에 대형서점들이 잇따라 들어서고 있어 걱정이 많다.

그러나 어렵다고 서점을 접거나 책 이외의 품목으로 사업을 변경할 생각은 조금도 없다. "문구도 팔고 커피도 팔고 하면 조금 나아질 수는 있겠지만, 나는 책 하나로만 가보고 싶습니다." 그래서 홍익문고에서는 아직도 연필 한 자루 팔지 않는다. 순수 서점으로 승부하겠다는 마음은 아버지나 아들이나 변함이 없다.

그런 홍익문고의 생각을 서울시와 구청도 돕고 있다. 서울시는 2014년 홍익문고를 서울의 미래유산에 선정했고, 서대문구에서는 홍익문고 앞 거리를 '문학의 거리'로 지정했다.

"문학의 거리에 15명의 유명 작가 핸드프린팅을 설치해서 책 구매층을 모으고 있습니다. 서점 앞의 '달려라 피아노'도 명물로 자리 잡으면서 홍익문고를 알리는 데 도움이 되고 있습니다." 홍익문고는 그 보답으로 피아노 관리와 연주 프로그램 섭외 등을 도맡아 하고 있다. 사무 공간으로 쓰는 서점 옥상(5층)을 시민단체나 독서모임의 강연, 토론회, 회의실 장소로 개방하기도 한다.

"아버지는 서점 이름을 지을 때부터 책의 가치를 사람을 이롭게 하는 데서 찾았던 것 같습니다. 나중에 홍익문고를 운영하면서부터는 늘 네 가지를 가장 먼저 이롭게 하라고 말씀했습니다. 고객, 직원, 거래처 그리고 가족."

홍익문고 직원 수는 20명. 평균 근속 연수가 10년 이상이다. 30년 된 직원도 있다. 박인철은 아무리 어렵더라도 직원을 줄여서 해결할 생각을 하지 않았다고 한다. 직원들에게는 고객을 최우선으로 여기라고 가르쳤다. 아들에게도 고객이 최우선이다. "책을 사러 오시는 한 사람, 한 사람이 전부 홍익문고 100년을 밀어주는 사람들 아닙니까?"

홍익문고 박씨 가문은 3대를 이어갈 수도 있다. 군 복무 중인 큰아들이 서점 경영에 관심이 많다고 한다. "홍익문고 창업 100주년 때 제 나이가 90살입니다. 오래 살고 싶어서가 아니라 아들과 함께 홍익문고 100년의 약속이 이뤄지는 것을 꼭 보고 싶습니다."

홍익문고 창업 60주년 기념 달력 표지에는 이렇게 적혀 있다.

'소중한 것은 시간을 넘어 이어진다.'

【서울에서 가장
오래된 빈대떡집】

열차집

since 1950's

종로구 종로7길 47

해 질 무렵이 견디기 어려운 가난한 술꾼에게 빈대떡집은 만만
한 천국이다. 쌈짓돈으로 술배, 밥배를 불릴 수 있는 곳. 뜻 맞는
동료와 함께라면 빈대떡 한 접시, 막걸리 한 사발로도 회사와 세
상을 들었다 놨다 할 수 있는 곳. 돈도 빽도 필요 없는 주막… 서
울 종로통 옛 피맛골에는 전설처럼 그런 집들이 몇몇 있었다고
들 하는데, 그중 하나가 '열차집'이다.

열차집은 서울에서 가장 오래된 빈대떡집이다. 6·25 전쟁 중인
1950년대 초반에 생겼으니 어언 70년을 바라본다. 4·19가 나던
1960년부터 서울 도심 정비사업으로 피맛골(조선 시대 상민들이
고관대작의 말 행차를 피해 다니기 위해 생긴 종로 시전 뒷골목길. 현재
의 광화문 교보빌딩 뒤편)이 역사의 뒤안으로 사라진 2009년까지
는 피맛골 초입에서 반세기 가까이 가난한 문인, 기자, 샐러리맨
의 주머니를 털었던 대표적인 서민 술집이다.

이후 열차집은 3대 사장인 윤상건 씨 대에 이르러 2010년부터 종로 네거리 제일은행 뒤(공평동)로 자리를 옮겨 오늘에 이르고 있다. 재개발에 떠밀려 갈 곳을 찾다가 옛 피맛골과 분위기가 비슷한 지금의 골목에 터를 잡았다. 상건 씨의 어머니 우제은 씨는 "새로 생긴 빌딩에 입주하라는 요청을 무수하게 받았지만, 빌딩에 갇힌 열차집은 도무지 상상이 안 됐어요"라고 한다. 이전 후 2년 남짓 동안은 매출이 줄어 고전했지만, 점차 단골손님과 옛맛을 잊지 못하는 이들의 발길이 이어지면서 회복세로 돌아섰다. "수입이요? 먹고살 만해요. 기업체 부장급은 됩니다." 그래서일까, 저물녘 골목 어귀에서 솔솔 새어나오는 고소한 빈대떡 냄새가 왠지 아릿하면서도 대견하다.

빈대떡은 막걸리와 더불어 즐기는 대표적인 서민 음식이다. 중국에서 들어온 병자떡의 중국식 발음 '빙쟈'가 '빈대'떡이 되었다는 것이 정설이지만, 성 안 부잣집이 성 밖 빈민들에게 구휼떡을 돌리던 풍습에서 나온 '빈자貧者'떡이 어원이란 설도 있다. 빈대라는 이름이나 다소 '없어 보이는' 모양새 때문에 어느 틈엔가 부자의 간식에서 빈자의 양식으로 바뀌었을 것이다.

열차집의 빈대떡은 개업 초부터 특유의 고소하고 바삭한 맛으로 유명했다. 100% 녹두를 갈아 돼지기름으로 바삭하게 구워 낸 고소한 맛과 풍미는 단연 독보적이다. 자칫 느끼할 수 있는 돼지기름기를 잡아주기 위해 반찬으로 내놓는 조개굴젓(한때는 어리굴젓만 쓰기도 했다) 또한 열차집만의 명물이다. 빈대떡 한 점에 조개굴젓을 올려놓고 마시는 막걸리 맛이란! 그 맛을 잊지 못해 시간으로는 50년을 넘고, 거리로는 태평양을 건너는 단골들이 아직도 수두룩하다.

피맛골에서 옮겨온 뒤에는 종로 4거리 주변의 직장인들과 심야의 유흥을 즐기는 젊은이들이 새로운 고객층으로 자리 잡고 있다. 그래서 손님층도 시간대별로 다르다. 오후 3~6시는 노·장년층이, 저녁 시간대는 퇴근한 넥타이 부대가, 심야에는 대학생을 비롯한 20~30대 젊은이들이 돌아가며 10여 개의 테이블을 거뜬히 채운다. 일본, 중국, 대만 등 외국 손님들의 발길도 부쩍 늘었다. 비슷한 부침개인 '오코노미야키'를 즐기는 일본인들이 특히 좋아한다.

피난 기차간 같다고 해서
붙은 이름

열차집의 최초 창업자는 경기도 용인에서 서울로 행상을 다니던 안덕인 씨 부부였다고 한다. 음식 솜씨가 좋았던 안씨 내외는 1950년 9·28 서울 수복 뒤부터 광화

문 일대에서 맷돌과 번철을 놓고 빈대떡을 팔다가 1954년 무렵 지금의 종로소방서 부근 옛 중학천변에 자리를 잡았다고 한다. 남의 집 담 밑 양쪽을 판자로 막아 만든 자리가 꼭 피난 시절의 기차간 같다고 해서 사람들은 이 무허가 주막을 기차집이라고 했다. 기차집은 빈대떡 맛과 후한 인심 덕에 금세 명소가 되었다. 1960년께 안씨 부부는 지금의 교보빌딩 뒤 옛 피맛골 입구로 자리를 옮겨 사업자등록을 할 때 이름을 바꾼 것이 오늘날 회자되고 있는 열차집의 기원이다.

초창기 피맛골 시대의 열차집은 대체로 술꾼이기 일쑤인 문

열차집 앞에서 어머니 우제은과 아들 윤상건.

인, 예술가, 언론인들의 집합소였다. 기자이기도 했던 소설가 최일남은 "요즘은 듣기에도 생소한 '가불'을 얻어 매일 밤 열차집의 막걸리와 빈대떡으로 배를 불리던 끝에 맞은 것이 4·19였습니다. 아, 얼마나 감격스러웠습니까?"라는 회고(《한겨레신문》, 1989)를 남기기도 했다.

1970년대 들어 열차집은 새 주인을 맞이한다. 당시 연로해진 안씨 부부는 근처에서 남편과 함께 구멍가게를 하고 있던 "착실한" 우 씨를 적임자로 점찍고 눈여겨보고 있다가 1976년 가게를 넘겨준 것이다. 열차집의 2대 주인이 된 우 씨는 안씨 내외로부터 빈대떡과 조개굴젓 만드는 법 등은 물론이고 함께 일하는 직원들까지 고스란히 물려받았다. 우 씨가 기억하는 안씨 부부는 "무던히도 인심 좋고 착한 분들"이었다. 이미 작고한 지 오래인 안씨 부부의 막내아들은 지금도 가끔 열차집을 찾으며 두 집안의 인연을 이어가고 있다.

아들에게 열차집을 넘긴 뒤에는 집에서 남편을 돌보며 지낸다는 우 씨는 "21살 때 시집와 구멍가게를 하다 서른 중반에 귀인을 만나 빈대떡집을 물려받았다. 조금조금 모은 돈으로 집 한 채 산 것이 나중에 재산이 되었지만, 애초부터 빈대떡으로 부자 될 생각은 없었다. 그저 욕심 부리지 않고 먹고살면서 찾아오는 손님들에게 좋은 집으로 기억되기만을 바랐다. 가게가 피맛골을 떠나고 우리 부부도 일손을 놓았는데, 열차집을 잊지 않고 계속 찾아주는 분들이 있으니 그저 감사할 따름"이라고 말했다.

4~5대를 죽 이어가길 바란다는 필자의 덕담에 우 씨는 "그랬으면 좋겠지만 내가 그걸 볼 수 있을까요?"라며 빙그레 웃었다.

외아들 상건 씨가 부모님께 본격적으로 가업을 물려받기 시작한 것은 2003년. 상건 씨는 20대부터 사업 감각을 발휘했다. 1990년대 중반 피맛골 시절 열차집 2층에 당시 우리나라 최초의 피시방 격인 인터넷카페가 들어서 화제를 모았는데 주인이 바로 상건 씨였다. 그는 한때 연매출 1억 원대를 돌파하면서 각종 언론매체와 책(《20대에 돈 번 무서운 아이들이 성공한 21가지 이유》, 자유시대사 편집부, 자유시대사, 1998)에 유망한 청년창업가로 소개되기도 했다.

열차집은 2013년 서울시로부터 "보존가치가 있는 빈대떡 전문 식당"으로 인정돼 '서울 미래유산'에 지정됐다. 낙서가 무수한 열차집 벽에도 오래도록 변치 않을 추억의 유산으로 남아주길 바라는 단골의 마음이 새겨져 있다.

'시간이 지나면 모든 것은 변하게 되어 있다. 열차집 빼고^^'.

일본까지 건너간
열차집표 빈대떡

서울에는 유명 빈대떡집이 여러 곳 있어 다 자기만의 맛을 자랑하지만, 열차집 빈대떡은 양질의 녹두 100%에 식용유 대신 돼지기름을 쓴다는 것, 곁들여 먹는 반

찬으로 조개굴젓을 내놓는 것, 생수 대신 결명자차를 쓰는 것 등
이 특징이다.

　가게에서 만난 단골손님 임봉열 씨는 "직장이 있던 제주에
서 서울 올 때마다 들렀다. 열차집 빈대떡의 고소함은 다른 어디
에서도 맛보지 못했다"며 엄지를 치켜든다.

　잘 고른 좋은 녹두를 아침마다 그날 사용할 만큼 두 시간쯤
불린 다음 맷돌에 간다. 믹서를 쓸 수도 있지만, 맷돌로 간 맛과
는 달라 힘들어도 맷돌을 고집한다. 열차집은 창업 이래 지금까
지 부치는 기름으로 돼지기름을 쓴다. 돼지비계를 끓여서 위에

뜬 기름을 거둬 쓴다. 보통 한 달 쓸 물량을 한꺼번에 만들어 원통에 담아놓고 그날그날 덜어 쓴다.

빈대떡을 부칠 때는 뒤집개로 반죽에 금을 그어가며 굽는다. 이때 돼지기름을 수시로 얹어주면 기름이 금 사이로 스며들어 빈대떡이 속까지 고소해진다. 빈대떡 부치는 번철은 가마솥 뚜껑마냥 가운데가 볼록하다. 빈대떡 속에 스미고 남은 기름이 타지 않고 가장자리로 빨리 흘러내리도록 하기 위해서다. 이렇게 하면 돼지기름이 빈대떡 속에 골고루 배이고 남은 기름도 바로 빠져 고소하고 바삭한 맛이 더해진다. 이 비법은 최초 창업자가 전수한 이래 지금까지 그대로 이어오고 있다.

원조 빈대떡에는 돼지고기 채를 썬 것이 조금 들어 있으나, 최근에는 돼지고기를 충분히 넣은 고기빈대떡과 김치를 섞은 김치빈대떡도 내놓는다. 빈대떡과 곁들여 먹는 조개굴젓도 일품이다. 한동안 어리굴젓이 유명했지만, 굴 값이 비싸지는 바람에 조개와 굴을 섞고 있다. 빈대떡에 조개굴젓을 얹어 먹는 것도 창업자의 아이디어. 일주일에 두 번 직접 담근다. 조갯살, 통영 굴, 국산 고춧가루를 써서 3일간 숙성시킨다. 빈대떡과 조개굴젓 모두 인공조미료는 일체 쓰지 않는다.

술은 막걸리와 소주를 판다. 막걸리는 장수막걸리만 팔다가 공평동으로 이사 온 뒤에는 다양해진 고객 취향을 고려해 전국 유명 막걸리 10여 종을 준비해놓고 있다.

열차집의 모든 조리법은 공개가 원칙이다. 주인 상건 씨는

"감출 만한 비법도 아니어서 배우고 싶다는 사람이면 누구에게나 가르쳐주었다"고 했다. 그런데 배워간 사람은 많은데 열차집 같은 맛은 내지 못하는 것이 묘하다. 3대를 내려온 주인들의 정성, 열차집에서만 40년 동안 빈대떡을 뒤집어온 주방장 윤현수 씨의 오랜 연륜에서 그 차이를 짐작해볼 뿐이다.

열차집 빈대떡 맛은 일본으로도 건너갔다. 한·일 월드컵 직후인 2003년, 평양 출신의 재일동포가 운영하는 오사카의 유명 음식점 '식도원'이 어머니 우 씨를 초청한 것. 우 씨 등은 20일 동안 머물며 16군데나 되는 지점을 일일이 돌며 '열차집표 빈대떡'을 전수했다고 한다.

【안동국시의
대중화 이끈 선구자】

소호정

since 1985

서초구 논현로 27

국수는 긴 면발로 장수를 기원하는 상서로운 음식이다. 옛날 사람들은 그런 국수를 귀하게 여겨 만들기도 잘했던 것 같다. 12세기 초 고려를 다녀간 서긍徐兢이라는 중국인은 "개경의 맛있는 음식 10여 가지 중에서도 국수가 으뜸이었다"(《고려도경》, 민족문화추진회 옮김, 서해문집, 2005)는 맛 체험기를 남기고 있다. 조선 초에 편찬된 《고려사》에는 "제례에 면麵을 쓰고, 절에서 국수를 팔았다"는 기록이 있다.

주자학이 전래한 14세기 이후 국수는 제례상에 올라가는 음식으로 격상됐고, 절에서는 육식을 대신하는 고급 음식으로 상품화되기까지 했던 것이다. 그러나 '잔치국수'라는 말에서도 알 수 있듯이 밀 생산이 적은 우리나라에서 보통 사람들은 혼례나 환갑잔치 같은 큰 행사나 제사 때가 아니면 국수를 쉽게 맛보기 어려웠다. 국수가 보통 음식이 된 것은 6·25 이후 구호물자로 밀가루가 대량 보급되기 시작하면서부터다.

국수는 평양냉면, 춘천막국수처럼 지방의 특색에 따라 진화하기도 했다. 안동을 비롯한 경상북도 내륙 지방은 수백 년 동안 조선 유교의 거점으로 다양한 제례 음식을 발전시킨 곳이다. 그중에서도 국수는 제사에 참석하는 문중 어른과 귀빈을 대접하기 위한 고급 접대음식으로 자리 잡았다. 콩가루를 섞어 고소하고 찰진 맛을 더한 반죽을 채를 치듯 가늘게 썰어 쇠고기 고명을 얹고 그 국물에 말았으니 먹을거리가 귀한 시절에 얼마나 고급스러운 음식이었을까 싶다. 보통 사람들은 맹물이나 장국에 말고 조금 더 신경을 쓰면 닭고기 국물이었다. 낙동강 발원지답게 은어가 제철인 때는 수박 향의 은어를 고아 밑국물로 썼다고 하니 풍미 또한 남달랐을 것이다.

압구정동에서 태어난
'안동＋국시'

안동 양반가의 귀한 음식이 대중적인 메뉴로 정착한 것이 '안동국시'다. 안동이라는 지역 이름과 국수의 경상도 사투리 '국시'를 합쳐 서울에서 생겨난 이름이다. 그래서 '안동에는 안동국시가 없다'는 말도 나왔지만 안동 밖으로 나온 안동국시는 대중화가 이뤄지면서 전주의 비빔밥, 평양의 냉면처럼 한 지역을 넘어 한국을 대표하는 한식의 하나로 인식되고 있다.

서울에서 경상도 양반 국수를 대중화한 사람은 안동 출신의 여성 김남숙이다. 1985년, 김남숙은 강남 개발로 빠르게 부촌이 된 압구정동에 10평 남짓한 작은 국숫집을 차리고 '고유의 맛 – 안동국시'라는 간판을 내걸었다. 김남숙과 아들 임동열은 옥호를 무엇으로 할까 고민하던 끝에 자기들이 만드는 국수가 안동 양반들이 먹던 국시임을 새삼 떠올리고 안동국시라는 평범한(?) 이름을 생각해냈다. 이 작명은 대단한 성공을 불러왔다.

안동국시가 우리 음식사와 풍속사에 새긴 의미는 크게 두 가지로 볼 수 있다. 소수의 사람만 먹을 수 있었던 고급 국수를 보통 사람들도 즐겨 먹을 수 있는 메뉴로 보급한 점이 가장 큰 공로다. 두번째는 경상도 음식을 지역을 초월해 사랑받는 음식으로 전국화한 점이 아닐까 싶다. 안동 양반들의 국수가 서울에 올라와 안동국시란 일품요리가 된 지가 30여 년밖에 되지 않지만, 오늘날 안동국시를 간판으로 건 국숫집이 서울과 대구뿐 아니라 전국 대부분 도시에 들어서 있다. 그 시발이 된 김남숙의 안동국시집이 서초구 양재동에 본점을 둔 '안동국시 소호정'이다. '호걸들의 웃음이 넘치는 집'이란 뜻의 소호정笑豪亭은 1995년 압구정동에서 현재 자리로 옮겨와 10여 개 이상의 분점을 거느린 대형 음식점으로 3대를 이어가고 있다.

시대가 만든 음식의 역사

경북여고·이화여대 영문과 출신으로 당시 서울대 교수 부인이었던 김남숙이 국숫집을 시작한 것은 "돈하곤 담을 쌓은 남편 덕분"이었다. 김남숙의 남편은 정년을 몇 년 앞두고 있던 경제학자 임원택. 뒷날 《제2자본론》(일조각, 1997)이란 저술로 학술원상을 받은 저명한 경제이론가이지만 정작 자신은 "경제를 모르는" 사람이었다.

6남매를 공부시키고 시집·장가 보내면서 살림이 쪼그라들어 삼선동으로 명륜동으로 전셋집을 전전하게 된 김남숙은 자신의 특기를 살려 음식 장사로 돈을 좀 벌어보기로 한다. 남편에게는 '절대 비밀'로 부친 채였다. 대구의 부유한 의사 집안에서 자란 김남숙은 어려서부터 다양한 고급 음식을 섭렵해 미각이 매우 뛰어났다고 한다. 당연히 음식 솜씨도 격이 높았다.

어머니 김남숙을 도와 함께 가게를 열었던 큰아들 임동열(소호정 회장)의 회고는 이렇다. "어머니가 처음 문을 연 날 국수 한 그릇 끓이는 데 30분 이상이 걸렸습니다. 긴장한 탓에 집에서 가져온 풍로의 불 조절이 제대로 되질 않았던 거죠. 딱 한 명 끈기 있게 기다려준 중년의 손님(나중에 알고 보니 부장판사였다고 한다)은 어머니가 간신히 내놓은 국수를 한 젓가락, 한 젓가락 음미하듯 천천히 먹고 나더니 이렇게 물으시더군요. '할머니, 본래 안동분인가요? 도대체 이렇게 맛있는 국수는 어떻게 만드나요?' 다음날 그는 친구 넷과 다시 왔고, 그다음부터 그 네 명의 친구들이 각자의 친구를 데려오고. 그렇게 해서 불과 한 달여 만에 손님이 넘쳐났고, 반년도 안 되어서는 텔레비전에서나 보던 정·재계 인사, 장관, 군 장성, 유명 연예인들이 줄줄이 가게에 들어섰습니다."

사실 안동이란 지역 이름과 국수의 경상도 사투리가 합쳐진 안동국시가 탄생한 시간과 공간이 1980년대 서울의 강남이라는 것은 우연한 일이 아닐지 모른다. 강남은 1970년대 이후 서울에 등장한 신흥 부촌의 대명사. 1980년대는 3저 호황을 업고 중산층을 중심으로 외식 문화가 발달하기 시작한 때. 그리고 티케이

(TK, 대구·경북)란 조어가 상징하듯이 당시는 경상도 전성시대. 강남이란 부유층 거주지에 사는 성공한 경상도 출신의 향수를 자극하고, 새롭게 편입된 권력층과 신흥 부자들에게 '구별 짓기'를 부추기던 시대적 배경이 안동국시의 대성공을 추동한 게 아닐까?

제대로 레시피를 갖춘 안동국시는 큰 양반가가 아니면 쉽게 먹을 수 없었던 음식. 시골에서 올라와 서울에서 성공한 사람들에게 양반의 뿌리(?)를 확인하거나, 혹은 그런 출신임을 과장 또는 내면화하는 행위로 이 국수의 맛을 함께 즐기는 것만큼 간단한 일이 어디에 있을까. 5년 뒤 김대중 대통령이 집권하자 목포 홍어가 뜬 사실을 기억하면 그리 억지스러운 추론만은 아닐 것이다. 아무튼 안동국시 탄생의 시대적 필연을 입증할 과학적 이론이 어디에 있을까마는, 당시 제 코가 석 자였던 김남숙이 이런 것을 따져서 안동국시집을 열지는 않았을 것이다.

YS와 '청와대 국수'

김남숙의 가장 자랑스러운 단골은 고 김영삼 대통령이다. "1989년 말 어느 날, 제이피(김종필)와 와이에스(김영삼)가 나란히 들어와요. 제이피 쪽에서 와이에스를 초청했대요." 이후 두 사람은 당시 노태우 대통령과 함께 3당 합당을 했고, 국수 마니아 김영삼은 김남숙표 국수의 열혈 팬이 된다.

안동국시 신화의 최고 하이라이트는 단골손님 김영삼이 대통령에 당선된 뒤 청와대에서 열린 문민정부 첫 국무회의(1993년 2월 27일) 후 대통령과 장관들의 점심으로 직접 안동국시를 끓여준 일이다. 칼국수라는 서민 메뉴를 통해 부패로 점철된 전 정권과 자신을 차별화하고자 한 문민정부의 정치적 퍼포먼스로 기획된 것이었지만, 김남숙의 안동국시에는 '청와대 칼국수'라는 "영예로운" 별칭을 안겨준 잊을 수 없는 사건이었다.

가업을 지키는 마음

이처럼 명성을 얻으며 번창한 김남숙의 안동국시집은 1995년 지금의 양재동 자리에 새 본점 건물을 짓고 '안동국시 소호정'이라는 간판을 단다. 안동국시를 작명한 사람으로서 그냥 안동국시로 상호등록을 하고 싶었으나 이미 보통명사가 되다시피 한 이름을 독점할 수는 없었다. 김영삼 대통령은 현직에 있을 때도 종종 가게를 찾아와 국수를 즐겼다. 그가 소호정 신축을 축하하며 방명록에 남긴 한자 휘호 '대도무문大道無門' 네 글자는 소호정 가족이 자랑스레 간직하고 있는 기념물이다.

몇 년간 암 투병을 하며 소호정의 미래를 많이 생각했다는 임동열은 아들과 사위 모두 다니던 회사를 접게 하고 가업 승계 훈련을 시키고 있다. 아들은 이미 하남의 한 백화점에 차린 가게

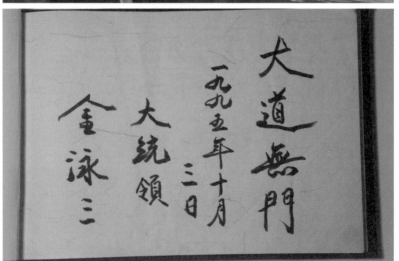

大道無門

一九九五年十月三日

大統領

金泳三

(위) 국수를 좋아했던 김영삼 대통령은 재임 시절 자주 이곳을 찾았다, 사진 제공 소호정.
(아래) 김 대통령이 남긴 휘호.

고 김남숙의 아들 임동열 소호정 회장과 3대를 잇는 사위 김우경.

를 맡아 경영수업을 하고 있고, 자신을 많이 닮았다는 사위는 본점 주방에서 일을 배우게 했다. 그는 일찍부터 아들과 딸을 데리고 일본의 유명 제면회사를 찾아다니며 국수 공부를 시켰다. "음식점 주인이 주방일을 모르고선 아무리 성공해도 오래 지킬 수는 없다"는 게 그의 지론이다.

임동열 자신도 음식 조리 과정과 맛에 관한 한 소호정 최고의 전문가를 자부한다. 손으로 면을 뽑는 과정을 기계화한 일본 우동기계를 우리 칼국수 조건에 맞게 개량해 내기도 했다. 그는 그동안 형제, 친구 등 지인을 중심으로 내준 분점들을 장차 모두 분리 독립시키고, 자신과 자녀들은 본점을 중심으로 1~2개의 소호정에만 집중할 계획이라고 한다. 또 홍두깨, 냄비 등 어머니의 유품과 각종 기념물을 모아 박물관을 꾸미고 싶은 마음도 있다.

"몸이 아프고 나서야 비로소 안동국시라는 음식을 만들고 소호정을 키워온 우리 집의 역사가 얼마나 소중한 것인지 새삼 깨달았습니다. 소호정을 잘 가꿔 일본의 노포들처럼 몇 백년, 몇 십대로 이어가고 싶습니다. 손자·증손자들이 음악가든 학자든 하고 싶은 일을 하되, 나이 50 이후에는 언제든 가게로 돌아와 가업을 지키는 걸 당연하게 여기도록 가르칠 생각입니다."

【수제 궁중떡집 명가】

비원떡집

since 1949

종로구 율곡로 20

70년 가까운 역사의 떡집이 '시험'에 들었다. 전통의 맛에 현대의 디자인을 입히는 실험이다. '보기 좋은 떡이 먹기도 좋다'는 속담을 자기만의 브랜드로 만들겠다는 야심 찬 도전이기도 하다. 과연 예쁘게 낱개로 포장한 작은 한국 떡집이 수많은 베이커리의 숲에서 살아남을 수 있을까? 35살 청년 사장의 머릿속에는 매일같이 번개가 친다.

서울 종로구 안국동 4거리에서 경복궁 방향으로 50m쯤 걸어가면 승복 상점 건물 1층에 간판도 없는 조그만 가게를 만날 수 있다. 무심코 지나치면 떡집인가 싶을 정도다. 기왓장으로 이은 처마 아래 통유리창으로 된 진열장과 안쪽으로 들어간 미닫이 입구는 갤러리를 연상시킨다.

간판을 달지 않고 있는 비원떡집.

입구로 들어가면 진열대 안에 여러 종류의 떡들이 주얼리 가게의 보석처럼 손님을 맞이한다. 떡살, 절구, 부엌칼 등 옛날 주방 도구들도 매장 한쪽에 조용히 자리잡고 있다. 기존 떡집의 고정관념을 깨고 전통과 현대를 조화시키려는 주인의 생각이 숨은 듯이 드러난다.

이 '무명'의 궁중 떡 갤러리가 '비원떡집'이다. 1949년 문을 열었으니 올해로 70년째다. 비원떡집은 "60년 전통의 수제 궁중 떡 명가"라는 홍보 문구대로 오랫동안 서울 북촌 양반가의 떡 맛을 대표한다는 소리를 들어왔다. 30년 이상 음식 비평을 한 김순경 음식 칼럼니스트는 "서울 북촌 떡을 어느 곳보다 얌전하게 한다는 입소문이 난 전통 떡 전문집"(《자랑스런 한식진미 100집》, 길과맛, 2013)이라고 소개했다. 최근에는 젊은 층이 좋아하는 맛집으로 주목받고 있다. TV 유명 음식 프로그램에서 비원떡집이 "서울에서 가장 맛있는 떡집 중 하나"로 집중 조명을 받았고, 서울시가 선정하는 '서울시 오래가게'에 뽑히기도 했다.

이 유서 깊은 떡집 주인은 이제 곧 만 36살이 될 청년 안상민이다. 13년째 떡에 미쳐 있고, 7년 전 아버지 안인철에게 대표 명함을 넘겨받았다. 가게의 미래를 책임지게 된 청년은 비원떡집이 40년 넘게 떡을 만져온 아버지와 어머니의 손맛에 걸맞은 '외

비원떡집 앞에서 아버지 안인철과 아들 상민.

형'을 갖출 때가 되었다고 여겼다. 그는 가게를 '혁신'하기로 결심한다.

맛에 멋을 더하다

서울의 북촌은 떡 문화가 발달했다. 궁궐을 중심으로 세족世族의 집들이 즐비했으니 본래부터 먹을거리도 풍성하고 다양했다. 왕가의 떡이 북촌의 반가로 전해지고, 그 떡이 다시 민간으로 넘친 곳이 북촌과 가까운 시장 지역 낙원동 일대였다. 지금도 낙원동에는 역사가 100년이 넘은 '원조낙원떡집'을 비롯해 수십 년 이상 떡 장사를 해온 가게들이 모여 있다. 비원떡집도 이 낙원시장에서 역사를 시작했다.

70여 년 전 17살 처녀 홍간난은 떡 빚는 솜씨가 남달랐다. 어느 날 창덕궁 낙선재에 주문한 떡을 들고 갔다가 훗날 궁중 음식 기능 보유자로 지정받은 '마지막 주방 상궁' 한희순의 눈에 든다. 김순경의 책에 따르면, 한 상궁으로부터 궁중 떡의 각종 레시피를 차근차근 배운 홍간난은 점차 "북촌 반가의 떡 맛에 궁중 특유의 기품과 규범을 더할 수 있게 되었다." 1949년 홍간난은 지금의 낙원상가 자리인 낙원시장 길가에 작은 천막을 치고 떡집을 차린다. 비원떡집의 첫걸음이다. 20여 년 후인 1970년대 초반, 한 소년이 이 떡집에서 떡메를 들게 되는데 그가 바로 2대 주인 안인철이다. 이모 홍간난에게 떡 만들기와 떡집 운영을 배운 안인철은 1984년 결혼한 최정옥과 함께 떡집을 물려받는다. 20대 초반부터 본격적으로 떡 만들기에 나선 큰아들 상민이 '3대 경영'을 시작한 것은 2012년부터였다. 비원떡집이 낙원동에서 익선동, 운니동 시절을 거쳐 지금의 수송동 자리에 전시 및 소매점 형태의 가게를 연 것도 이 무렵이다. 성공의 핵심은 떡의 고급화·미식화다. 1대 주인 홍 할머니의 손맛에서 탄생한 전통의 비원떡집이 60여 년 만에 새로운 변화에 도전한 것이다. 혁신의 과제는 맛에 멋을 더하는 것이다.

혁신은 계속된다

상민은 어려서부터 종일 주방에서 힘들게 일하는 부모를 보며 자랐다. 어린 마음에도 아버지와 어머니가 고생하는 것에 비해 떡집에 돌아오는 보상이 너무 적다고 여겼다. 그렇다고 떡집을 하는 부모를 부끄럽게 여긴 적은 없다. 대학에 들어갔으나 공부에 큰 의미를 느끼지 못했다. 1학기를 마치고 군대를 다녀와 복학했지만 역시나였다. 대학을 떠난 그가 간 곳은 떡집 주방이었다. 본격적으로 '떡 공부'를 시작했다. 20~30여 가지의 떡을 마음껏 만들 수 있을 만큼 시간이 흐르자, 비원떡집의 미래가 걱정됐다. 비원떡집의 이름에 갇혀 점점 우물 안 개구리가 되는 건 아닐까? 어쩌면 더 거둘 수 있는 결실을 모르고 있는 게 아닐까?

변화가 필요하다는 결론에 도달한 상민은 아버지에게 말했다. "맛 빼고 다 바꾸고 싶습니다."

앉아서 주문만 기다리는 영업 방식은 비전이 없어 보였다. 비원떡집이란 브랜드로 새로운 고객을 발굴할 필요가 절실했다. "맛은 잘 지키되, 맛을 더 잘 표현하는 방식을 고민"하면서 상투적인 포장이나 스티로폼 용기 등을 과감히 버리고 세련되고 품격 있는 디자인을 모색했다. 일본 화과자점, 국내외 유명 베이커리들을 찾아다니며 요즘 사람들의 감각과 취향에 맞는 디자인

요소를 가미하려고 노력했다. 수송동에 궁중 떡 갤러리를 열어 고객의 반응과 흐름을 직접 살펴 변화에 반영한다는 생각도 같은 맥락이었다.

결과적으로 전통적인 명성에 현대적인 멋을 입히려는 비원 떡집의 시도는 성공했을까? 상민 씨는 "매출이 배가량 늘었다. 고객은 기존 단골과 신규 고객이 반반을 이룬다. 새로운 고객층이 늘어나는 동안 기존 단골들의 맛에 대한 불만은 거의 없었다"고 전했다.

변화에 관해 몇 가지 질문을 더해봤다.

비원떡집의 대표 메뉴는 '쌍개피떡'과 '두텁떡'이다. 모두 궁중과 반가에서 즐긴 고급 떡이다. 이러한 메뉴에도 변화가 있을까?

―― 개피떡은 팥고물 껍질을 벗겨 소를 만든다고 해서 '거피去 皮'라 하고, 소에 설탕과 계핏가루를 섞으면서는 '계피떡'이라고도 불린 것이 유래가 되었다. 개피떡 두 개를 붙인 것이 '쌍개피떡'이다. 개피떡은 먹을 때 바람이 피식 나온다고 해서 '바람떡'이라는 별명도 얻었다. 서울 고유의 떡이다. '두텁떡'은 궁중에서 먹던 떡이다. 고종이 즐겨 먹었다고 한다. 찰떡 안에 호두, 밤, 잣, 대추 등 견과류와 유자 꿀을 넣고 고물을 얹어 쪄서 만든다. 손이 많이 가고 만드는 방식도 다른 떡과 사뭇 다르다. 이 밖에 약식, 단자, 잣설기 등이 핵심 메뉴다. 만들 수 있는 떡 종류는 수십 가지가 넘지만 가장 반응이 좋은 5가지 떡에 집중하고 있다.

새 메뉴 개발은 다음 과제다.

값은 조금 비싸 보인다.

—— 보통 시장 떡집의 배 정도 된다. 비슷한 콘셉트의 다른 떡집 시세와 맞춘 점도 있지만, 재료 단가의 차이가 크다. 국내 생산이 거의 없는 계피 가루(베트남산)만 빼고 팥, 잣, 호두, 유자 등 모든 재료가 국산이다. 경동시장에 오랜 거래처가 있어 물량 확보에는 큰 문제가 없다.

소량 생산 체제로 가게 경영이 유지될 수 있을까?

—— 일반적인 떡집이라면 어려울 것이다. 반대로 우리도 쌀 몇 가마씩 떡을 만들 수는 없다. 우린 수제 떡이라는 콘셉트에 충실해야 한다. 그래야 비원떡집이다. 비원떡집은 외부 인력을 쓰지 않는다. 주문이 넘치면 남동생과 고모가 거든다.

5년째 간판이 없는 게 특이하다. 이유는?

—— 특별한 이유는 없다. 불편을 느끼지 못하니까 필요성을 크게 느끼지 못하는 것 같다. 다만 비원떡집을 가장 잘 표현할 수 있는 간판을 생각한다. 시간이 걸리더라도 내가 만족할 수 있는 수준을 얻고 싶다.

상민 씨는 디자인을 정식으로 배운 적은 없지만 스스로 감

각이 있다고 생각한다. 비원떡집의 로고도 본인이 직접 글자꼴을 골라 만들었다. 간판 자리가 아직 비어 있다는 것은 아마도 비원떡집의 미래에 대한 종합 설계도가 지금도 그려지는 중이라는 뜻일 것이다. 혁신은 계속되고 있다.

【 문화유산이 된 동네 빵집 】

동부
고려제과

since 1974

중랑구 망우로 388

서울 동북쪽 끝 중랑구에는 두 곳의 '서울 미래유산(시민생활 분야)'이 있다. 하나는 묘지이고, 하나는 빵집이다. 1933년 처음 조성된 망우공원묘역(옛 서울시립 망우리 공동묘지)은 한용운, 이중섭 등과 같은 근현대 독립운동가와 예술가들이 묻혀 있는 문화유적지이기도 하다. 반면 '동부고려제과'라는 이름의 동네 빵집이 '미래유산'인 것은 조금 낯설다. 타 지역 사람들에게는 거의 알려지지 않았지만, 1974년 처음 문을 연 뒤 줄곧 제자리를 지킨 끝에 2015년 "보호할 가치가 높은 서울시 근현대 문화유산"의 반열에 들었다.

동부고려제과 주인 서정복 제빵사.

"이 지역 사람들에게 처음으로 빵다운 빵 맛을 보게 해준 집." "도시화로 인해 많은 것들이 사라지고, 많은 사람들이 떠난 자리에 거의 유일하게 남아 있는 고향의 흔적." 빵집 주인 서정복 씨는 주민들이 동부고려제과를 미래유산에 추천한 까닭을 이렇게 생각하고 있다.

100% 손으로 만드는 빵

경의중앙선 망우역에서 망우로를 따라 구리 방향으로 100m쯤 가면 이마트로 들어가는 오른쪽 길모퉁이 3층 건물 1층이 동부고려제과다. 케이크 조각 모양의 공간이 주방을 포함해 10여 평 남짓이다. 겉만 보면 전형적인 변두리 동네 빵집이다. 동부고려제과라는 옥호도 이 빵집이 도시가 팽창하던 시절에 도심에서 외곽으로 옮겨온 역사를 충분히 상상케 한다. 그러나 빵만큼은 만만히 봐선 안 된다. 진열대를 채우고 있는 수십여 종의 빵과 10여 종의 케이크가 모두 100% 수제다. 롤케이크, 카스텔라는 유화제를 쓰지 않고, 일반 빵은 직접 만든 자연발효 효모로 반죽한다. 주인 서 씨가 새벽 5시 반부터 직접 반죽을 치고 굽는 빵들이다. 모양은 특별할 게 없다고 해야 할까? 만주의 경우 옆구리가 터진 듯 속이 다 드러나 보인다. 그러나 먹어보면 금세 느낀다. 손님들이 실속 있는 맛을 느끼도록 피는 더 얇게 하고 속은 더 채웠음을.

본래 경기도 양주군의 농촌 마을이었다가 1963년 서울시 동대문구에 편입된 이곳에 언제부터 '서울에서나 볼 수 있던' 빵집이 들어선 것일까? 동부고려제과가 최초였을까? 아마도 개척자는 동부고려 말고도 몇 명 더 있었을 것이다. 1960년대는 산업화·도시화가 본격적으로 시작된 시기. 〈서울은 만원이다〉(이호철, 1966)라는 당시 소설 제목처럼 폭발하는 인구를 따라 빵집도 전진했고, 그중 동쪽으로 향한 흐름이 최후에 닿은 곳이 망우리였을 것이다. 동부고려제과라는 이름에는 그래서 "서울 동쪽에서 제일가는 빵집이 되겠다"는 주인의 결기가 오롯이 느껴진다. 그 희망이 대기업 프랜차이즈, 대형마트의 침공에도 굴하지 않고 40여 년의 풍상을 견뎌낸 힘이 되었을 것이다. 동부고려라는 "촌스러운 이름으로" 수많은 '파리바게뜨'와 '뚜레쥬르', 숱한 '이마트'와 '코스트코'의 포위 속에서도 지역 토박이들에게 한 가닥 자부심 같은 추억의 근거를 제공하고 있다.

형제들의 빵집

동부고려제과의 역사는 빵집의 역사이자, 우리 근현대사다. 너도나도 서울로 향하던 1960년대, 전라

북도 무주의 서씨 형제들도 고향 집을 나섰다. 첫째 형(정현)은
셋째(정문)를 데리고 센베이 공장에 들어가 밀가루를 다루고, 빵
과 과자를 만드는 기술을 배웠다.

마침 1960년대는 밀가루의 시대. 미국의 원조 밀가루를 바
탕으로 우리나라에서 처음으로 공장식 빵 양산체제가 들어섰다.
원조, 군납, 혼분식 장려 등이 양산체제를 뒷받침했다. 삼립빵을
만든 삼립식품(파리바게뜨의 전신), 크라운 산도의 영일당제과(현
재 크라운제과) 등이 날개를 달았다. 1970년대 고도성장으로 중
산층이 형성되기 시작하면서 태극당, 고려당, 뉴욕제과, 나폴레

옹제과 같은 유명 빵집들이 성업했다.

유명 빵집의 성공은 서씨 형제들을 크게 고무시켰을 것이다. 큰형 정현 씨가 호기 있게 장충동의 유명 빵집인 태극당 부근에 시민제과라는 빵집을 차렸다. 그러나 역부족. 서씨 형제들은 1960년대 후반, 이번에는 도심이 아니라 서울 외곽으로 나가 대학가인 이문동에 고려제과를 열었다. 4형제의 막내인 정복 씨도 이 무렵부터 서울로 와서 형에게 빵 기술을 배우기 시작한다.

경험을 축적한 큰형이 더 동쪽으로 들어가 '선점'한 곳이 망우리였고, 지금의 동부고려제과였다. 부근의 시외버스터미널을 중심으로 상권이 커지면서 장사가 잘되었다. 마침내 서씨 형제들은 차례로 빵집을 내면서 서울살이에 튼튼한 뿌리를 내리는 데 성공했다. 동부고려제과는 정현 씨가 산본 신도시에 고려당 분점을 차리면서 막내 정복 씨에게 넘어온다. 1993년이었다. "처음 가게를 물려받았을 때 이름을 새로 바꾸라는 조언을 받았지만, 큰형님이 세운 동부고려제과를 제 손으로 보란 듯이 지켜가고 싶었습니다."

그렇게 "손등이 짓무르고 불에 덴 자국이 팔뚝을 다 채울 정도로" 반죽을 하고 빵을 구운 덕분에 동부고려제과는 이 지역 토박이들에게 모르는 사람이 없는 명소가 됐다. "여기서 돈 벌어 구리로, 양평으로 나간 분들도 망우동에 오면 꼭 들러서 빵을 사갑니다. 그리고 한마디 덧붙입니다. 절대 문 닫지 마세요."

최근에는 골목 상권의 몰락으로 다른 동네 빵집들과 같이

빵집 승계를 준비하고 있는 아들 종혁(왼쪽).

어려움을 겪었지만, 2013년 동네 빵집이 '중소기업 적합 업종'에 포함되면서 다소 숨통이 튄 상태이다.

왜 빵집을 하는가

서 씨는 요즘 대학원에서 운동을 활용한 재활치료학을 전공하고 있다. 그는 본래 무술가였다. 빵집을 물려받을 무렵에도 체육관을 하고 있었을 정도였다. 빵 만드는 데도 동양의 오행 사상을 접목한다는 서 씨는 손님들의 체형,

걸음걸이만 보고도 체질에 맞는 빵을 권유할 수 있단다. "밖에서 사먹는 빵이 외식이라면, 우리 집 빵은 집밥입니다. 집에서 어머니가 해주는 밥처럼 몸에 좋고 맛있는 빵을 만들고 있다는 자부심만큼은 대를 이어 지킬 겁니다."

서씨 부부는 요즘 아들 종혁 씨가 대견스럽다. 가게를 이어받기 위해 열심이기 때문이다. 종혁 씨는 대학에서 건축을 전공했지만 군 제대 후 제빵으로 진로를 결정했다. "아버지가 반죽하는 모습을 보면서 자라서인지 빵집의 모든 것이 익숙합니다. 빵이 생각한 대로 부풀고 맛을 낼 때, 손님들이 그 맛을 알아줄 때, 아! 이게 내 길이구나 싶죠." 종혁 씨는 아버지에게서 2년 정도 "혹독한 수련을 받은 뒤" 지금은 다른 제과점과 디저트 카페 등지를 다니며 '빵 공부'를 하고 있다. 동부고려의 전통과 새로운 트렌드를 접목해 신제품을 만드는 것이 목표다.

서 씨에게 빵집을 하고 싶은 사람들을 위한 팁을 요청했다.

"한 사람이 수십 종의 빵을 만들어낼 수 있는 수제 빵집은 점점 희귀해지고 있습니다. 그런 가게는 가치 있는 만큼 힘도 들겠죠? 돈 생각하면 빵 장사 못합니다. 왜 빵집을 하는가에 대한 소신, 빵 장사한테는 그런 게 있어야 합니다."

【신촌의 명물
사이폰 커피숍】

미네르바

since 1975

서대문구 명물길 18

서울 연세대학교 앞 카페 미네르바는 '신촌에서 가장 오래된 원두커피 전문점'이다. 1975년 문을 열었으니 올해로 44년째, 같은 장소 같은 건물에서 날마다 가게를 열고 있다. 신촌의 유명 두 갈빗집 빌딩 사이, 작은 2층 건물 나무계단을 올라가 마주하는 실내 인테리어도 1980~1990년대에 시간이 멈춘 듯 20세기 말의 향수가 그윽하다.

지금은 어디에서나 테이크아웃 커피를 볼 수 있듯이 아시아에서 일본 다음으로 커피를 많이 소비하는 우리지만, 이른바 '다방'이 주류이던 1970년대에 명실상부한 원두커피 전문점은 흔치 않았다. 특히 커피 원두를 산지별로 분류해 '사이폰 방식'(196쪽 참조)이라는, 오늘날에도 여전히 낯선 방식의 '커피집'은 마니아들에게나 통하는 문화였으니, '전위적'이라고 할 만큼 도전적인 시도였다.

미네르바 주인 현인선.

이 앞서간 창업 아이템은 그러나 곧 '척박한' 현실과 마주했던 것 같다. 경영난으로 주인이 몇 번이나 바뀌었고, 폐업의 위기도 적지 않았던 듯하다. 그럼에도 "클래식 음악을 들으며 신선한 원두커피를 이국적인 방식으로 내려 마신다"는 미네르바의 '전통'은 용케 끊어지지 않았다. 2000년 초 현재의 주인 현인선 씨가 카페를 인수할 때까지 이미 25년의 세월을 지탱해온 미네르바는 온갖 전투를 치러낸 역전의 용사가 막 배치를 받은 신출내기 소대장을 맞이하는 듯했을 것이다. '새 사장 양반, 사이폰 커피라는 게 뭔지나 아슈?'

그렇게 현 씨의 손에서 미네르바는 다시 18년째 전통을 이어가고 있다. 지난 40여 년, 수많은 카페들이 명멸해간 포연 자욱한 전선 같은 거리에 노을이 지면 카페 미네르바의 창문에는 어김없이 불이 켜진다.

이 10평 남짓한 고전적인 카페가 골목 상권의 퇴조, 원두커피 체인점 시대의 거센 파도에 떠내려가지 않고 꿋꿋이 백년 가게의 등불을 밝히고 있는 비결은 무엇일까?

음악, 커피, 대화

주인 현인선 씨는 이 질문이 건네지자 바의 서랍에서 빛바랜 작은 노트 한 권을 꺼내온다. 18년 전 미네르바를 인수할 때 전 주인에게 건네받은 것이라고 한다. 1990년대 초반에 처음 작성되기 시작한 것으로 여겨지는 노트에는 커피 내리는 법, 칵테일 제조법, 각종 거래처 전화번호 등 그때까지 미네르바에서 일했던 주인과 직원, 아르바이트 학생들이 카페 운영에 필요한 정보를 물려주고 물려받은 흔적이 있다. 그 노트를 한 장 한 장 펼쳐보며 현 씨는 묘한 책임감이 엄습해오는 것을 느꼈다고 한다.

"비록 장사가 안 돼 가게를 넘기지만 미네르바에 대한 사랑만큼은 컸던 분들이었던 것 같아요. 저도 나중에 같은 생각을 하게 됐지만, 돈보다 소중한 그 무엇을 다음 주인은 꼭 이뤄주었으면 하는 바람이 그 빛바랜 노트에 담겨 있다고 생각했습니다."

여신 미네르바(로마 신화 속 지혜의 여신이자, 그리스 신화의 아테나에 해당한다)는 어쩌면 현 씨와 같은 주인이 나타나기를 기다려왔는지 모른다. 자기와 더불어 이 카페를 삶의 터전이자 소명으로 일구어갈 사람. 현 씨에게도 미네르바는 운명 같은 존재다. 서른다섯 살이 되기 전까지 자신이 이렇게 오랫동안 카페 사장을 할 줄은 전혀 생각하지 못했기 때문이다.

1997년 외환위기가 닥쳐오기 전까지만 해도 그는 실연의 아픔을 오로지 일로 달래던 노총각 영업과장이었다. 타의로 실업

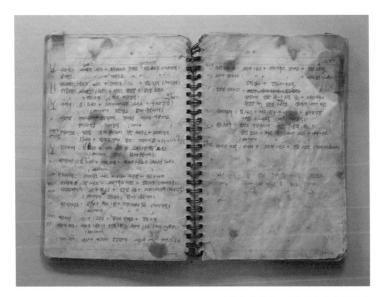

1990년대 초반 미네르바를 거쳐간 알바 일기.

자가 된 상황을 받아들이기 어려워 방황하는 시간을 보내다 동료의 소개로 교회에 나가면서 마음의 안정을 찾았고, 자영업자의 길로 들어섰다. 10개월쯤 하던 장사가 전망이 없어 새로 얻게 된 가게가 우연히 들렀던 지금의 미네르바였다. 클래식이 흐르는 고풍스럽고 따뜻한 실내 분위기는 그를 단숨에 사로잡았다. 그때가 2000년 봄이었다.

시대가 바뀌고 있었다. 신촌의 상권이 홍대 앞으로 넘어가고 대형 매장이 골목 상권을 잠식하면서 임대료를 감당 못하는 가게들이 벼랑으로 내몰리고 있었다. 이 무렵 현 씨는 중요한 결단 하나를 내린다. 메뉴판에서 술을 빼기로 한 것이다. 주류는 가장 이문이 많이 남는 품목. 가뜩이나 어려운데 술을 빼고 버틸 수 있을까? 그럼에도 현 씨는 자신의 판단을 밀어붙였다. 원두커피 전문점이라는 미네르바 본연의 콘셉트에만 집중하자는 전략이었다. 이익이 줄어드는 것은 잠시뿐, 술손님 자리를 곧 커피 손님들이 채워줄 것이다, 그렇게 생각했다.

그의 아슬아슬한 선택은 생각지 못한 방향으로 적중했다. 스타벅스와 같은 커피 전문 체인점의 등장이 원두커피 시대를 열어준 것이다. 체인점들의 대공습에 미처 대비를 못한 '다방식' 카페들이 줄줄이 문을 닫을 때, 미네르바는 전통 있는 수제 원두커피 전문점이라는 자기만의 색깔을 가지고 미구에 닥칠 시대의 파고를 선제적으로 타넘은 셈이 되었다.

"신앙생활 덕분이었을까요? 어느 순간부터 제 생각이 이익보다 가치를 추구하는 쪽으로 바뀌어가더군요. 영업사원 때처럼 한 푼이라도 더 마진을 남기는 데만 매달렸다면 여기까지 올 수 없었다는 생각을 해봅니다." 신앙의 힘이든 삶의 절박함이었든, '내 카페를 찾아온 사람이면 누구든지 가장 편안한 기분으로 좋은 음악과 커피를 맛보며 즐거운 대화를 나누다 가게 하고 싶다'는 '순수한' 마음이 더 실질적인 변화의 원천이었을 것이다.

정부가 음식점에서 금연을 실시하기 훨씬 전에 주변의 만류를 무릅쓰고 실내 금연을 시도한 것도 그의 남다른 통찰력을 보여주는 대목이다. 담배 연기가 사라진 카페는 매출이 반 토막 났으나 불과 반년 만에 손님들의 더 큰 지지를 받았다. 현 씨는 카페 입구 밖에 흡연 코너를 만들어 다시 찾아준 흡연 고객에게 보답했다.

좋은 사람들과 함께하다

현 씨는 좋은 임대인을 만난 것을 행운으로 꼽는다. 44년간 미네르바가 이 자리를 지키고 있는 것도, 18년째 현 씨가 미네르바를 운영해올 수 있는 것도 건물을 헐거나 팔지도 않고 임대료도 합리적으로 책정해준 건물주 덕분이라는 것. 연대 앞 일대가 지난 시기 얼마나 달라졌는지를 생각하면 60평이 채 못 되는 이 작은 2층 건물이 옛 모습을 지키고 있는 것이 오히려 신기할 정도다.

어떤 사람과 일했는지도 중요하다. 신앙생활에 몰두하던 초창기에 자기 일처럼 카페를 지켜준 아르바이트 학생들에게 많은 빚을 졌다. 현 씨와 이들은 지금도 소식을 주고받는다. 지난해에는 알바를 같이하다 사랑에 빠진 커플이 주례를 부탁해오기도 했다. 고객들도 대를 이어간다. 아르바이트 모집 광고를 냈더니 한 학생이 엄마가 알바를 한 곳이라며 찾아왔다. 아버지가 동문이 된 신입생 아들을 데리고 와서 엄마와 데이트하던 때의 미네르바 모습을 들려주기도 했다. 가끔 인터넷에 미네르바 소식이 오르면 외국에서 연락이 온다. "지금까지 있어줘서 고맙습니다!"

　미네르바는 지난 2015년 서울시로부터 동숭동 학림다방과 함께 "보존할 가치가 있는 추억의 장소"로 인정돼 '서울 미래유산'에 선정됐다.

동반자를 찾습니다

　　　　　카페이니만큼 커피 맛의 비결도 거론하지 않을 수 없다. 그의 대답은 싱거울 정도로 간단하다. 좋은 재료와 주인의 정성. "커피 맛과 향기는 매우 민감해서 애호가들은 금세 알아차려요. 맛은 무엇보다 원두, 나아가 생두의 질에 많이 좌우됩니다만, 못지않게 사람의 정성이 중요합니다. 커피 가게를 하는 사람은 커피에 대한 지식은 물론 자기 가게에 대한 자부심이 있어야 한다고 생각해요."

　미네르바도 시대의 변화를 무시할 수는 없다. 다양한 커피 맛을 제공하기 위해 사이폰 커피뿐 아니라 핸드 드립, 에스프레소, 더치 등 손님이 원하는 방식의 커피를 내놓고 있다. 시대에 따라 유행이 바뀌어도 '조금은 촌스럽지만, 사랑과 낭만이 넘쳐 흐르는 곳'이란 미네르바의 모토는 오늘도 현재진행형이다. 그래서일까? 주 고객층은 20~30대 여성과 학생들이지만, 10~20년 이상 미네르바를 찾는 단골이 수두룩하다. 그들에겐 사이폰 커피 한 잔이 지나온 세월의 맛과 멋과 추억이다.

미네르바는 현 씨와 2008년 결혼한 아내가 번갈아 지킨다. 직원 없이 아르바이트생 7명이 1주일에 2번씩 돌아가며 나온다. 요즘은 아르바이트생도 구하기가 쉽지 않아 인력 관리에 어려움이 있다. 하락하는 마진도 고민이 아닐 수 없다. 인건비, 관리비가 올라도 커피 값을 올리기는 쉽지 않다. 체인점 가격과 경쟁해야 하니까. 그러다 보니 신촌 일대에 임대료 내면서 카페 영업하는 사람은 현 씨가 유일하다고 할 정도로 개인이 직접 하는 카페는 거의 '문화재급'이 되어가고 있다. 그럴수록 현 씨의 바람은 커진다.

"미네르바 개업 50주년을 향해 가면서 점점 동반자가 필요하다는 생각을 합니다. 커피도 배우고 카페 경영도 배우면서 미네르바의 미래를 함께 열어갈 사람을 만나고 싶습니다."

제2, 제3의 미네르바의 사장이든, 분점 창업자가 되든 그가 기다리는 사람은 "장인정신과 소명의식이 충만한" 젊은이다.

인터뷰를 마치고 현 씨가 내놓은 옛 노트를 뒤적거려 보다가 커피 물에 바랜 한 페이지에 시선이 머문다. 조금은 유치한 필치이지만, 자기가 만든 커피에 대한 열정과 자부심이 철철 넘치는 어느 커피 사랑 알바의 멘트가 구약의 '계시'처럼 남아 있다.

바닥이 보이지 않는 깊은 커피 속에 그대들이 찾고 있는 철학이 뜨겁게 끓고 있다. 이 한잔의 커피를 마셔보지 않은 사람과는 철학을 논하지 말라.

백년 가는 커피를 꿈꾸는가? 그렇다면 '신촌의 가장 오래된 원두커피 전문점' 미네르바에 가보시길.

사이폰 커피의 매력

'사이폰siphon'은 핸드드립, 에스프레소, 더치 등과 함께 원두 커피를 내리는 한 방식이다. 사이폰이란 말은 '쉽게 빨아올리는 관'이라는 뜻으로, 진공 커피포트라고도 한다. 물이 담긴 플라스크를 가열해 생기는 증기의 압력 차를 이용해 커피를 추출하는 진공 여과 방식이다. 1840년대에 스코틀랜드 사람이 처음 개발했다고 한다. 커피가 만들어지는 과정을 직접 볼 수 있어 '눈으로 마시는 커피'로 표현되기도 한다. 상대적으로 더 깔끔한 맛과 풍부한 향을 느낄 수 있다. 특히 각자의 취향에 따라 풍미를 창조할 수 있어, 내리는 사람에게 직접 커피를 만드는 멋과 즐거움을 선사한다.

커피 대국 일본에서는 각종 애호가 대회가 성행할 정도로 사이폰 커피 기호층이 두텁고, 2~3대째 이어지고 있는 전문점도 적지 않다고 한다. 우리나라는 2016년 국제대회를 처음 유치하기도 했지만 대중적으로는 아직 낯설다. 기구 제작 명맥조차 거의 끊어져 일반 소비는 대부분 일제를 비롯한 외국산 수입에 의존한다. 인터넷 몰에 다양한 가격대의 사이폰이 나와 있다.

사이폰 커피 맛의 차이는 디테일이 결정한다고 해도 과언이

아니다. 원두의 가공 정도, 물의 온도, 물과 원두가 섞이는 타이밍, 커피와 물을 넣는 순서뿐 아니라 심지어 젓는 방법에서도 맛차이가 난다고 마니아들은 주장한다. 동그랗게 젓느냐, 네모지게 젓느냐에 따라 맛이 다르다면? 미네르바 주인 현 씨는 "동그랗게 젓는" 쪽이다. 수증기가 올라오기 10초 전에 커피 가루를 넣고 저은 다음 30초쯤 후에 불을 끄고 다시 젓는다고. 가열된 뜨거운 물이 커피에 닿는 데 1분 정도 걸리도록 불을 조절하는 것도 현 씨가 경험에서 얻은 그의 비법이다. 커피를 내리는 전 과정이 1분여밖에 안 걸리는 것도 사이폰의 장점으로 꼽는다.

원두는 콜롬비아 수프레모, 브라질NY2, 케냐A.A, 과테말라 안티구아, 인도네시아 만델링, 에티오피아산을 즐겨 쓰며, 이 가운데 4가지를 섞어서 미네르바만의 하우스 커피를 만들어낸다. 사이폰 커피는 같은 종류 원두를 2잔 이상 주문하면 손님 테이블에서 바로 커피를 내려준다.

미네르바 사이폰 커피의 역사는 개업 때부터다. 1975년 미네르바 카페를 처음 연 사람은 당시 연세대 대학원생이었던 것으로 알려져 있다. 2000년대 초반 카페를 찾은 한 중년 신사가 현 씨에게 자신을 '창업자'라고 소개한 적이 있었다고 한다. 그는 현 씨가 보기에 클래식 음악과 커피에 깊은 조예를 가지고 있었다. 음질을 높이기 위해 당시 시가 1,500만 원 상당의 고가 오디오 시스템을 설치하고 실내도 음악전용실처럼 꾸몄다고 회상했다. 무엇보다 사이폰 원두커피 1세대라는 자부심이 대단했다고 한다. 그가 남기고 간 당부는 당연히 카페 미네르바가 사이폰 원두커피 전문점의 전통을 계속 이어가주는 것이었다. 현 씨는 당시 그에게 건네받은 증권사 상무 명함을 잃어버려 그의 이름을 기억하지 못하는 것을 못내 아쉬워했다.

3장

또 한 번의
백년을
기다리며

올댓재즈

since 1976

용산구 이태원로27가길 12

1975년, 지금은 뮤지컬의 고전이 된 〈시카고〉가 뉴욕 브로드웨
이 무대에 올랐다. 1920년대 욕망이 들끓는 도시 시카고를 배경
으로 한 〈시카고〉는 끈적이는 보컬과 관능적인 춤으로 단숨에
관객을 매료시켰다. 메인 테마 〈올 댓 재즈All That Jazz〉는 당시
시카고 뒷골목의 재즈클럽 이미지를 생생하게 노래한다.

　차에 시동을 걸어 Start the car
　내가 신나는 곳을 알아 I know a whoopee spot
　진은 차가워도 Where the gin is cold
　피아노는 뜨거운 곳 But the piano's hot
　그게 바로 재즈야! And all that Jazz!

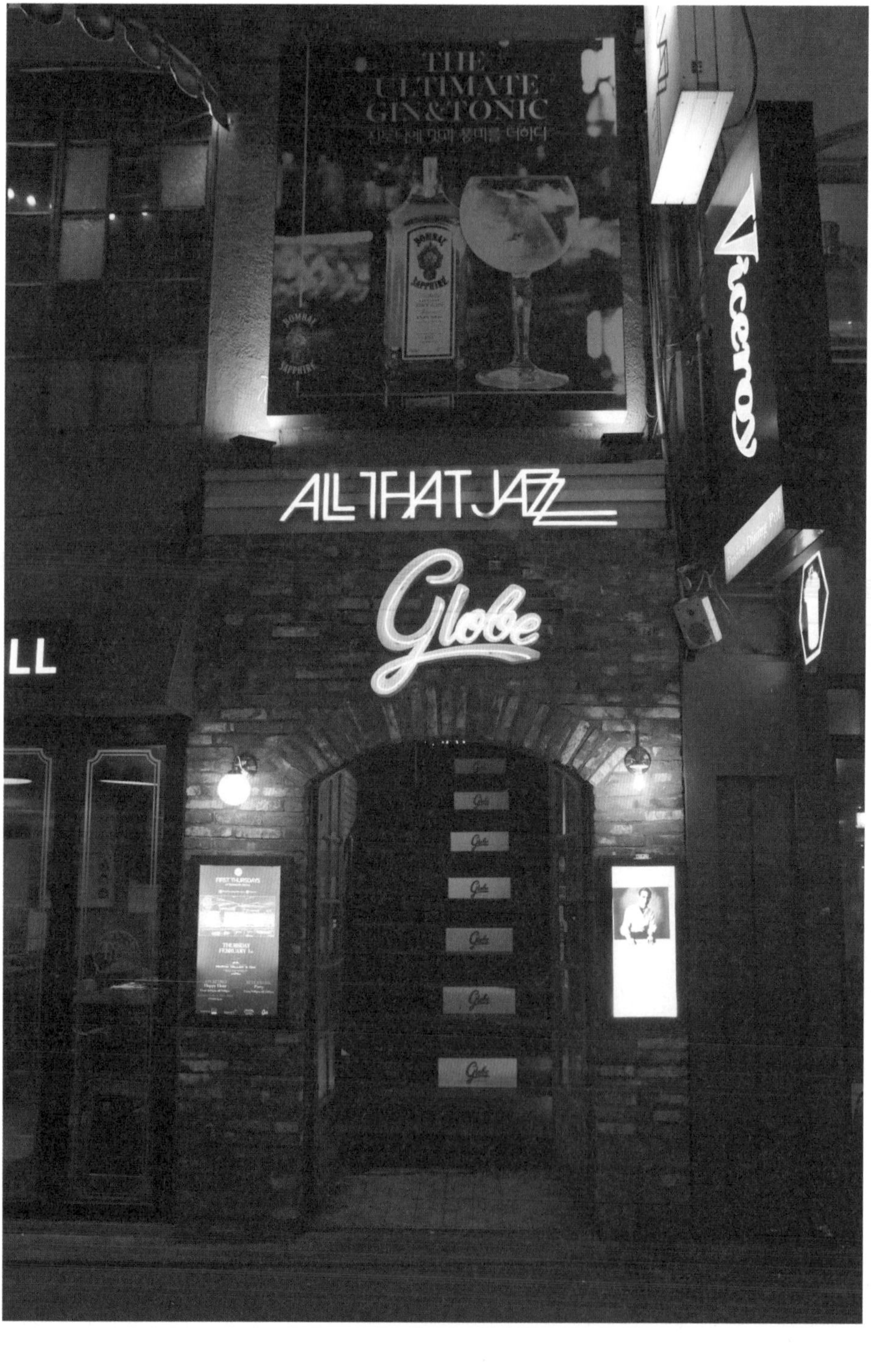
THE
ULTIMATE
GIN&TONIC
ALL THAT JAZZ
Globe
Viceroy

1년 뒤인 1976년, 지구 반대편 서울 이태원 거리에 30여 평 규모의 작은 재즈바 하나가 문을 연다. 이름은 '올댓재즈'. 뉴욕에서 뮤지컬 〈시카고〉가 이제 막 롱런 가도에 접어든 무렵이었으니, 카톡도 페이스북도 없던 시절에 참으로 기민한 '문화 수용'이었다.

이태원 대로변 건물 2층에 처음 터를 잡은 올댓재즈는 한국 최초의 재즈 전문 공연 클럽이다. 시카고 밤거리의 비속어 '죽여주는군!jass it up!'에 어원을 둔 재즈가 '서양 음악'이란 뜻으로 우리나라에 소개된 것은 1920년대. '전라도 만석꾼의 아들' 백명곤이 상하이에서 악기를 사들여와 친구 홍난파 등과 함께 서울의 YMCA에서 재즈 콘서트를 연 것이 1926년이었다(《한국 재즈 100년사》, 박성건, 이리, 2016). 올댓재즈는 실로 50년 만에 대중을 상대로 등장한 첫 재즈클럽이었던 것이다.

재즈클럽 올댓재즈는 2년 뒤 재즈가수 박성연이 서울 신촌에 문을 연 '야누스'와 더불어 한국 대중음악사에서 간과할 수 없는 의미를 지닌다. 두 클럽은 쌍두마차를 이루며 재즈 불모지라는 한국에 재즈 공연 무대를 제공함으로써 전문 연주자들이 자라는 토양을 만들고, 외국의 재즈 흐름을 수입해 전파하는 창구 역할을 했다. '빽판(해적 음반)'으로나 재즈를 들을 수 있었던 당시의 재즈 애호가들에게 두 클럽은 자욱한 담배 연기 속에서

"진은 차가워도 피아노는 뜨거운" 재즈의 성지였다.

특히 올댓재즈가 43년째 이태원 거리의 '기념물'처럼 건재하며 상업적으로도 성공한 클럽이 되어 있다는 사실은 놀라움 그 이상이다. 도시의 경기에 민감하고, 심지어 범죄에 연루되기도 하는 유흥가의 작은 재즈클럽이 비즈니스로서뿐 아니라 문화적 명성까지 누리며 장수하는 경우는 어느 나라나 흔한 일이 아니다. 뉴욕의 대표적인 재즈클럽 '블루 노트'의 역사가 40년이 채 안 된다는 사실을 안다면, 한국 같은 재즈 변방의 클럽이 40년 넘게 "망하지 않고" 존재할 수 있는 것은 "미쳤다"고 할 만한 열정과 사랑 없이는 불가능했을 것이다.

한국 재즈의 산실

현재 서울에는 소수의 크고 작은 라이브 재즈 무대가 바, 카페, 클럽 등의 형태로 이태원, 홍대 앞, 대학로 등지에 산재해 있다. 강남권에서는 '(원스 인 어)블루문', 강북권에서는 올댓재즈와 홍대 앞의 '에반스'가 애호가들로부터 '3대 문파'로 꼽힌다. 올댓재즈는 이들 중에서 가장 인지도가 높은 대중적 클럽으로 평가된다. '야누스' '천년동안도' '문글로우' 등 여러 클럽이 경영난으로 존폐의 기로를 겪은 가운데서도 올댓재즈의 클럽 경영은 오히려 전성기를 구가하고 있다. "재즈를 즐긴다기보다는 재즈클럽 특유의 분위기를 소비하는" 20~30대

젊은층, 특히 여성층이 올댓재즈의 주 고객층이 되면서부터다.
평일 저녁에도 두 팀의 공연이 열리고, 주말이면 140여 석의 좌
석을 가득 메우고 대기 손님의 줄이 끊어지지 않을 만큼 호황을
누리고 있다. 올댓재즈가 성업하는 데는 이태원이라는 소비 중
심의 국제 거리에 클럽이 자리하고 있는, 지리적 조건도 한몫하
고 있는 듯하다.

올댓재즈의 첫 '보스'는 화교 출신의 미국 국적자 마명덕이
다. 뮤지컬 〈시카고〉의 메인 테마 '올댓재즈'가 1979년 연출가

밥 포시에 의해 같은 이름의 영화로 만들어지기도 전에 이미 한국에 재즈클럽 올댓재즈가 출현할 수 있었던 데는 그가 '해외여행이 자유로운 미국인 재즈 마니아'라는 사실과 무관하지 않을 것이다. 한국에서 대학을 나온 마명덕은 미군 문관의 신분으로 사설 카지노 등 여러 가지 사업에 관계했던 것 같다. 마명덕에게 클럽의 커튼 뒤는 사업상 필요한 비밀스러운 공간이었을 수도 있다.

1986년 마명덕이 '군수산업 스캔들'에 연루돼 거의 "망명에 가까운" 이민을 떠나게 되면서 올댓재즈는 새로운 전기를 맞는다. 마명덕에게서 올댓재즈를 넘겨받은 사람이 현재의 주인 진낙원이다. 10대 때부터 재즈에 빠진 그는 19세에 올댓재즈 개업 손님이 된 이래 10년 동안 디제이와 지배인을 거치면서 올댓재즈 역사의 주역이 됐다. 일수 빚을 얻어가면서까지 그가 올댓재즈를 떠맡은 것은 마명덕을 비롯한 초창기 클럽 멤버들의 뜻이었다고 한다. 클럽의 정체성을 지켜갈 수 있는 적임자로 낙점된 셈이다.

"초등학교 4학년 때인가, 외삼촌 집 전축에서 흘러나온 연주에 꽂혀 몇 번이고 되풀이해서 들은 경험이 있었어요. 나중에 재즈를 접하고서야 그 곡이 폴 데스먼드의 명곡 〈테이크 파이브Take Five〉라는 걸 알았죠. 재즈클럽은 그때 정해진 운명 같았고요."

새 주인을 맞은 올댓재즈는 국내외적으로 활발하게 외연을 넓혀 나간다. 일본 재즈 프로모터 모리모토 노리마사, 유명 재즈 뮤지션 히노 데루마사, 조지 가와구치 등이 올댓재즈를 창구 삼아 한국 진출을 도모했다. 이정식 등 재능 있는 연주자를 발굴해 외국에 소개하는 일도 자임했다. 두 나라의 재즈뮤지션들이 서울과 오사카 등을 오가며 '재즈 트레인'을 벌이기도 했다. 한국 최고의 색소포니스트 정성조가 타계하기 전까지 수십 년을 한 주도 거르지 않고 주말 연주를 벌인 곳, 이봉조, 길옥윤, 정성조의 계보를 잇는 이정식이 데뷔하고 나윤선, 말로 등 수많은 재즈의 별들이 재능을 가다듬은 곳, 마일스 데이비스 밴드의 케니 개럿이 손님으로 왔다가 정성조와 잼(즉흥 연주)을 벌여 재즈 팬들 사이에 두고두고 회자된 곳…. 그곳이 올댓재즈다.

재즈 붐 몰고 온 드라마

클럽의 명성은 높아갔지만 경영 상태는 늘 아슬아슬했던 올댓재즈에 뜻밖의 전기가 찾아왔다. 1994년 드라마 〈사랑을 그대 품안에〉의 대히트였다. 주인공 차인표가 드라마의 무대가 된 올댓재즈에서 멋지게 색소폰을 부는 장면은 수많은 여성의 마음을 빼앗았고, 재즈에 대한 대중의 호기심을 자극했다. 장정일의 소설 《너희가 재즈를 믿느냐》(미학사, 1994)가 베스트셀러가 되었고, 《재즈의 역사》(유이 쇼이치, 삼호뮤직, 1988) 《쩨지한 재즈 이야기》(선성원, 솔바람, 1995) 《재

올댓재즈 주인 진낙원과 클럽 일을 배우고 있는 아들 성철.

즈 재즈》(장병욱, 황금가지, 1996) 같은 재즈 소개서와 해설서들이
쏟아져 나온 것도 이 드라마의 성공이 계기였다. 올댓재즈도 이
태원의 관광 명소가 될 만큼 유명해지면서 클럽 운영은 날개를
달기 시작했다.

올댓재즈의 세번째 전기는 2011년 클럽의 이전이다. 최고
60석이 만원이던 처음의 재즈바가 140석 규모의 공연장 형식 클
럽으로 바뀐 것이다. "30년 이상 세 들어 있던 건물 주인이 타계
한 뒤 새 건물주가 임대 조건을 바꾸는 바람에 어쩔 수 없이" 새
로 물색한 곳이 근처 해밀톤 호텔 뒤의 나이트클럽 건물이었다.

이 이전은 딜레마였다. 밀도 높은 공간을 선호하는 전통적인 재즈 팬들에게 클럽 스타일의 올댓재즈는 낯설었다. "재즈도 모르는 겉멋 든 젊은이들의 소란스러운 데이트 장소"쯤으로 여겨질 수 있었다. 그러나 대부분의 젊은이가 그런 과정을 통해 재즈에 입문하기도 한다는 점을 생각하면, 클럽으로서 올댓재즈가 맡은 역할을 과소평가할 수는 없을 것 같다.

진낙원 씨는 "재즈 왕국이라는 일본의 클럽에 가면 노인들이 많습니다. 일본 뮤지션 중에는 그래서 젊은이들의 열기로 가득 찬 한국 클럽을 부러워하는 이들도 많고요. 젊은층의 유입이야말로 한국 재즈의 미래를 담보하는 게 아닐까요?"라고 자신의 소임을 밝혔다.

한국 재즈의 미래

필자가 클럽을 찾아간 어느 '불금', 젊은 재즈그룹 '샤카밴드'가 재즈풍으로 편곡된 〈셰르부르의 우산Les parapluies de Cherbourg〉과 고전적인 재즈곡인 빌리 홀리데이의 〈컴스 러브Comes Love〉를 잇달아 들려주고 있었다. 매력적인 여성 보컬 샤카를 중심으로 피아노와 색소폰 연주자 모두 뉴욕에서 재즈를 공부한 실력파들이다. 최근의 한국 재즈연주계는 질과 양에서 모두 폭발적 성장을 하고 있다. 전국의 대학 실용음악과에서 재즈 지망생들이 배출되고, 해마다 뉴욕과 버클리 등

에서 유학파들이 돌아온다. 진 씨는 "국제적으로 손색이 없는 뛰어난 젊은 연주가들이 등장하고 있다. 한국 재즈는 지금 더 높은 어떤 정점을 향해 치닫고 있는 중"이라고 한국 재즈의 미래를 낙관한다.

홀을 가득 채운 청중도 한결같이 젊다. 무대와 객석의 호흡이 내공 깊은 클럽만은 못하지만, 몰입의 분위기만큼은 뜨겁고 진지했다. 2층 홀에서 무대를 내려다보며 보스가 한창 클럽 일을 배우는 중인 아들(진성철)에게 지나가듯 잔소리를 한다.

"좀 더 재즈에 녹아들어 봐. 그래야 진짜 재즈클럽이야."

【한국에서 가장
오래된 이태리 식당】

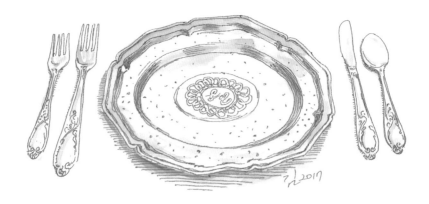

중구 을지로 19 삼성빌딩 지하 1층

메트로폴리탄 서울에서 이탈리아 파스타 집이야 새로울 게 없지만, 50년 이상 된 이탈리아 식당이라면 이야기가 달라진다.

을지로 입구, 롯데호텔 건너편 빌딩 사이에는 눈에 잘 띄는 녹색 바탕에 흰 글자로 'La Cantina'라고 쓴 알파벳 간판이 보인다. 삼성빌딩 지하에 있는 이탈리아 식당 '라 칸티나'이다. 1966년 문을 열어 현재까지 영업하고 있는, 우리나라에서 가장 오래된 이탈리아 요리 전문식당으로 알려져 있다.

식당 안으로 들어서면 라 칸티나의 콘셉트가 바로 느껴진다. 아치형 입구, 대리석 비너스 상, 붉은 벽돌 장식의 바, 식당 내부를 장식한 유럽풍의 풍경화들이 붉은색 행커치프(장식용 사각 천)를 올린 테이블 세팅과 어우러지며 복고풍 서양식당의 고전적인 아취를 자아낸다.

오래된 수제 필라멘트 전등이 내는 은은한 조명, 라 칸티나의 머리글자를 새긴 고색창연한 주석 쇼플레이트(장식용 접시), 오랜 고객의 취향을 배려한 듯한 고풍스러운 디자인의 메뉴판 등에서 라 칸티나가 쌓아온 전통에 대한 자부심이 느껴진다.

음식 맛에 관한 한 본토 맛과 현지 맛에 대한 선호의 차이가 있을 수 있지만, 이 식당이 오랜 기간에 걸쳐 한국인 입맛과 취향에 맞게 이탈리아 요리를 변화시켜 왔고, 그것이 지금까지 단골들의 사랑을 받는 요인이라는 점에는 이견이 없을 듯하다.

필자가 방문한 점심과 저녁 사이 준비 시간에도 예약 전화가 간단없이 걸려온다. 평일에는 80석 가량의 좌석이 거의 찬다. 할아버지부터 손주까지 3대가 함께 오고, 멀리 지방에서도 모임 예약을 한다. 단골층이 넓고 깊은 게 라 칸티나가 장수할 수 있는 동력이다.

라 칸티나의 대표 메뉴는 마늘빵과 양파 수프, 스테이크와 봉골레스파게티. 가게에서 직접 뽑은 납작국수에 조개와 새우를 넣고 흰 소스를 뿌린 '링귀니 라 칸티나'도 마니아들이 즐겨 찾는 인기 메뉴다.

라 칸티나 대표 이태훈 씨는 이곳의 장수 비결로 3가지를 꼽는다. 한국화된 라 칸티나만의 맛을 고수한 것, 요리사 3명이 라 칸티나에서 보낸 시간이 합쳐서 100년에 이를 만큼 주방이 바뀌지 않은 것, 몇 십년에 걸친 어머니의 일관되고 정성이 가득했던 식재료 관리.

라 칸티나는 음식문화사의 측면에서도 가치가 높은 식당이다. 1924년 조선호텔에 처음 프랑스 레스토랑이 들어선 이래, 미군 주둔을 거치면서 전개된 서양 음식의 수입(정확하게는 미국화된 서구 음식의 수입)이 어떤 과정으로 변화 혹은 토착화되었는지를 현재 시점에서 보여주고 있기 때문이다. '국제도시' 서울이 라 칸티나를 보호할 가치가 있는 서울 미래유산(2013년)의 하나로 선정한 것도 이런 이유가 클 것이다.

상류사회의 사교장

라 칸티나를 처음 개업한 사람은 김미자라는 사교계의 명사였다. 고 이병철 삼성그룹 회장과도 친분이 각별해 그의 후원으로 삼성빌딩 지하에 이탈리아 식당을 내게 되었다고 한다. 식당이 지하에 있다는 점에 착안해 지은 라 칸티나(이탈리아어로 지하 포도주 창고를 뜻한다)는 금세 정·재계, 금융계, 관계, 외교계 사람들의 발길을 사로잡았다. 당시 서울에서 가장 세금을 많이 내는 식당의 하나로 발돋움할 정도였다.

서울에서의 이탈리아 식당 성공은 본토 이탈리아 사람들에게도 인상적인 '사건'이었던 것 같다. 1979년 8월, 영자신문《코

리아타임스》는 김미자 씨가 "한국과 이탈리아 양국의 문화 교류에 기여한 공으로" 이탈리아 정부로부터 공로훈장을 받았다는 소식을 기사와 사진으로 전하고 있다. 말하자면 라 칸티나는 이탈리아 정부로부터 서울의 대표적인 이탈리아 식당으로 공인받은 셈이다.

그러나 라 칸타나의 첫 전성시대는 1980년대가 시작되면서 끝난다. 신군부의 등장으로 권력 상층부가 대거 교체되면서 기존 정·관계의 '사랑방'이었던 라 칸타나도 타격을 입지 않을 수 없었던 듯하다. 김미자는 가게를 정리하고 남편이 있는 미국으

로 이민을 떠나기 전에 평소 친분이 있던 미군 장교 클럽매니저 출신 이재두에게 인수를 제안한다. 그가 라 칸티나의 두번째 주인이자 현 대표 태훈 씨의 아버지이다.

"당시 상당한 자금을 가지고 인수를 희망한 사람들이 많았지만, 김미자 선생님은 라 칸티나의 명성을 이어갈 사람으로 아버지를 점찍고 먼저 인수를 제안했다고 합니다."

이병철이 사랑한 '삼성 메뉴'

이재두는 자수성가한 인물이다. 초등학교를 마치고 상경해 고학으로 학교를 마친 뒤 미군부대에 취직했다. 장교 클럽을 거쳐 당시 미군전용 호텔이던 '내자호텔' 한국 지배인에 발탁될 만큼 미군들에게 관리 능력을 인정받았다. 이재두는 절친한 친구이자 내자호텔 총지배인을 지낸 이탈리아계 미국인 조이 벨라르디와 함께 1982년부터 라 칸티나를 경영하게 된다. 라 칸티나가 살롱 형태의 식당에서 명실상부한 정통 이탈리아 식당의 면모를 갖추게 된 것은 이 두 사람의 동업 덕분이었다.

이재두와 벨라르디는 개업에 앞서 타블로이드 형태의 영어 광고신문까지 만들어 주한 외국사절과 주재 상사에게 뿌리는, 당시로써는 획기적인 마케팅까지 선보였다. "나폴리와 시칠리아 사람들이 집에서 먹는 진짜 이탈리아 요리를 맛보이겠다"

"완전한 이탈리아식 요리에 가장 안전한 재료만을 쓰겠다"는 약속이었다.

당시 서구 음식을 조리하는 데 가장 큰 걸림돌은 식재료였다. 요리법은 여러 경로로 입수해 비슷하게라도 흉내낼 수 있지만, 본래의 식재료를 신선한 상태로 구하기 어렵던 시절이었다.

"소시지, 치즈, 훈제 연어 등은 직접 만들었고, 귀한 재료는 인편을 통해 비행기로 들여오던 때였습니다. 링귀니 파스타 기계는 거의 자동차 한 대 값을 주고 (미군부대를 통해) 구해 조립하다시피 해서 썼다고 합니다. 그렇게 만든 파스타는 칼국수 같다시피 했고."

지금도 라 칸티나의 상징 같은 '스파게티 콘 레 봉골레'는 국물이 흥건하다. 처음엔 오리지널 봉골레스파게티였으나 맛있는 중합 국물을 원하는 손님들의 입맛에 맞추다 보니 점점 라 칸티나만의 국물 많은 봉골레스파게티가 만들어졌다.

"초기엔 주말 손님의 90%가 외국인이었는데, 이런 식으로 음식 맛이 한국화되면서 주 고객도 점점 한국 사람으로 바뀌어 갔습니다. 음식의 변화에 따라 고객도 한국 사람 중심으로 바뀌어간 것이지요."

아마도 이런 과정이 한국인이 만든 한국식 파스타의 출발이었을 것이다. 짜장면이 생겨난 과정처럼.

"1990년대 이후 외국여행 자유화가 되면서 본토 맛과 다르다는 불만도 나왔지만, 아버지는 바꾸지 않았어요. 우리 고객이

La Cantina

Menu News

Revised Menu
June 1982

TEL: 777-2579, 2580, 2581

Sam Sung Bldg, 50, 1-ka, Ulji-ro, Chung-ku, Seoul
Across the street from the Lotte Hotel

Historic Beginnings for Today's Italian Delights

Long before the 776 B.C. initiation of the Olympic Games and the 753 B.C. founding of Rome, natives of the Mediterranean's boot-shaped peninsula have known the value of a good meal.

The Roman Republic's founding in 509 B.C. and its development as the world's greatest empire was accomplished by the strong Roman Legions who were well-fed during their campaigns throughout the Old World. And to this day the banquets of Julius Caesar, Augustus, Claudius and Nero are renowned for their exotic delicacies.

Italy continued its culinary artistry in the 1300s as the Renaissance flourished. Bakers, Pasta Makers and Chefs became respected members of the community and the regional dishes from Sicily, Naples and Rome were savored by the likes of Botticelli, Michelangelo and Christopher Columbus.

And today, as Korea prepares for the 1988 Olympic Games, you can dine on the same repasts as the world's greatest emperors, artisans and explorers at La Cantina. The Italian cuisine that has won the hearts and palates, of millions through the ages is here for you to enjoy.

The array of dishes at La Cantina has expanded to include more of the Neopolitan and Sicilian delicacies that you have requested. And they are being prepared with the same care and skills that have earned Italy its centuries-old culinary fame.

La Cantina serves many of the traditional pastas sauces and entrees which were once lovingly prepared in Italian homes for the multi-generation families who gathered for meals. Meals which were as much social as dining events as family and friends visited and conversed during the multi-coursed dinners. That same warm, family social atmosphere has been recreated here as La Cantina strives to serve you as guests and members of the family.

Enjoy the company of friends as you savor our appetizers, soups, salads, pastas, seafoods, meat dishes and house favorites, then leisurely let your meal settle as you sip on one of our many excellent caffes.

Before you sit down for a meal or after you finish, don't forget to visit our cocktail lounge. It's the perfect place to begin or end an evening. The bartender will mix up your favorite drink and you'll be able to toast a perfect meal and a perfect day with the traditional Italian toast "Cin Cin (pronounced chin chin)."

La Cantina Ristorante Italiano is your gateway to the dining pleasures that built an empire and inspired a Renaissance.

Customers' Comments Improve Service

Finding the perfect place to entertain that all important business client or impress a visiting diplomat is important. Excellent cuisine, efficient service and a warm atmosphere are a must when searching for that special place for evening dining or business luncheons. La Cantina can meet all those needs.

La Cantina has several private dining rooms available for entertaining small private parties for three or more persons, as well as larger parties of up to 15. La Cantina will be glad to be of service to you, and we can help you plan a special gathering for you and your guests.

Private Rooms for Special Meetings

Since La Cantina's opening in February many of our long-standing patrons, as well as our new friends, have praised our new decorum, many zesty menu additions and the personalized service that is so Italian . . . and so La Cantina.

La Cantina has earned its reputation for fine food and service because its only goal is satisfied customers.

After spending an evening with us we would appreciate your comments or suggestions regarding our service, atmosphere and menu. Let your hosts Joey Valardi or Mr. Yi know what you think about La Cantina.

La Cantina Ristorante Italiano wishes you Buon Appetito

The finest food, the most attentive service . . . and the time necessary to prepare each specialty to perfection – these, we believe, are the three secrets of fine dining . . . at La Cantina we intend to fulfill the promise of fine dining, and we ask you to realize that the passage of time will only lead to the greater enjoyment of your meal.

Also please feel free to bring your own choice of wine with you if you desire. There will be no corkage charge.

Your Hosts,

Mr. Valardi and Mr. Yi

PLEASE TAKE THIS MENU HOME WITH YOU

2대 주인 이재두와 벨라르디가 1982년 서울 외교가에 뿌린 라 칸티나 광고신문.

좋아하는데 바꿀 이유가 없다고. 오히려 더 좋은 맛을 내는 데 집중하자고." '한국 사람의 입맛'이라는 라 칸티나의 전통 아닌 전통이 수립되자, 가장 좋아한 사람들은 역시 오랜 단골들이었다. 그중에는 이른바 '삼성 메뉴'를 즐긴 이병철도 있었다. "라 칸티나에 전용 룸이 따로 있었을 뿐 아니라, 계열사 호텔에서도 찾아와 요리법을 물어볼 정도였으니까요."

태훈 씨는 막내아들을 곁에 두고 싶어 한 어머니의 손에 이끌려 식당일을 배우기 시작했다. 3년간의 주방 수업을 비롯해 식당에 관한 거의 모든 일을 밑바닥부터 배웠다. 그래서 그는 자신이 사장이 아니라, 28년째 근속 중인 직원이라고 생각한다. 다른 직원들도 대부분 장기 근속자들이다. 임승환 지배인과 요리부장은 30년 이상의 세월을 라 칸티나에서 보냈다. 나머지 2명의 요리사도 경력이 20년을 훌쩍 넘었다고 한다. 수십 년 단골들에게 라 칸티나가 추억과 향수의 장소라면, 이들에게 라 칸티나는 이미 인생의 일부이다.

이렇다 보니 미래의 라 칸티나에 전통은 계승과 동시에 극복의 과제로도 떠오르고 있다.

"젊은 고객이 늘면서 기존 고객과의 부조화도 종종 생깁니다. 어떻게 하면 전통을 지키면서 새로운 세대를 맞이할 수 있을지 고민 중입니다."

건물 임대 문제도 라 칸티나의 장래와 관련이 있다. 그는 삼성빌딩 매각설이 나올 때마다 가슴이 덜컥 내려앉는다. 매각이 안 되길 바라지만, 혹시 새 주인이 생기더라도 라 칸티나라는 식당의 역사와 문화적 가치를 소중하게 평가해주길 희망한다.

"몇 년 전 건물 리모델링으로 8개월을 쉬었는데 직원들이 거의 떠나지 않고 다 돌아왔어요. 가오픈을 한 날에는 어떻게 알고 왔는지 홀이 손님으로 꽉 찼고, 한 달 매출을 비교해보니 8개월 전과 다름없었습니다. 라 칸티나는 처음부터 지금까지 나나 아버지만의 식당이 아니었던 겁니다."

【7080세대의 LP 보물창고】

돌레코드

since 1975

중구 마장로9길 49-29

지금은 인터넷 스트리밍서비스 또는 다운로드로 음악을 듣고 소
유하는 시대다. 젊은 세대에게 LP나 CD, 테이프 같은 물리적 형
태의 음반은 구시대의 낯선 유물이 되었다. 한때 "전국적으로
6만여 개", 서울에는 "500m 거리마다 한 곳씩 있었다"고 할 정도
로 많았던 음반가게 역시, 서울은 중고 LP판을 파는 가게를 중심
으로 30~40군데 정도가 있을 뿐이라고 한다. '물리적 형태의 음
반'은 머지않아 역사 속으로 완전히 퇴장하는 것일까?
그러나 시대의 흐름은 꼭 한 방향으로만 전개되지는 않는다. 디
지털 대세 속에서 아날로그 음악의 대표선수인 바이닐vinyl, 즉
LP 붐이 세계적으로 일고 있다.

돌레코드 주인 김성종.

국제음반산업협회IFPI 자료에 따르면, 2015년 전 세계 LP판 판매량이 1994년 이후 최고치를 기록했다. 경제잡지 《포브스》는 2017년 LP 시장 규모를 약 10억 달러(약 1조 1천억 원)로 추산하는 등 'LP 부활'이 일시적인 현상이 아닐 수 있음을 시사하기도 했다.

이런 아날로그의 반격은 음반시장 규모 세계 8위인 한국에서도 생겨난다. LP 판매량이 해마다 15~20% 정도 늘고 있다. 한류 스타 방탄소년단의 음반이 조만간 '김건모 200만 장' 기록을 손쉽게 넘어설 기세다. 국내 생산이 중단된 지 13년 만에 바이닐 제작 회사가 새로 문을 연 것은 이런 시장 흐름을 탄 것이다. 아직은 골동수집 취미의 측면이 강하지만 인터넷상의 LP 거래량과 가격 오름세는 아날로그 음질과 음악 소유 방식에 대한 대중들의 감각 변화를 감지하게 한다.

이런 추세 때문일까? 2017년 9월 서울시가 종로·을지로 일대의 점포 가운데 30년 이상의 역사, 2대 이상 계승, 무형문화재 지정자 운영 등의 자격 조건을 갖춘 '오래가게(오래된 가게)'를 39곳 선정했는데, 이른바 '사양산업'으로 꼽히는 음반가게가 2곳이나 포함됐다. 1971년 문을 연 서울시청광장 지하상가의 '서울음악사', 1975년 노점상으로 시작해 전설적인 레코드가게

의 반열에 오른 청계천 황학동시장의 '돌레코드'이다. 전자는 현
존하는 "최장수" 음반가게이고, 후자는 청춘 시절 "음악 좀 들었
다"는 7080세대들이 '보물창고'로 여겼던 곳이다. 번창하던 음
반가게가 불과 한 세대 만에 거의 자취를 감춘 엄청난 기술혁명
속에서 40여 년 이상의 세월을 같은 장소에서 같은 주인이 지키
고 있는 음반가게가 아직도 있다는 게 기적 같기도 하다.

LP 키즈의 고향

청계8가 황학동 벼룩시장 인근의 돌
레코드는 음반 애호가들에게는 너무나 유명한 곳이다. 웬만한
음반수집가, 유명 연주인, 대중음악 관계자치고 한번쯤 돌레코
드를 다녀가지 않은 사람이 없다고 할 정도다. 서울시가 돌레코
드를 오래가게로 선정하면서 내놓은 자료에도 "70년대 이후 한
국 대중음악의 역사가 매장 곳곳마다 고스란히 묻어 있는 곳"으
로 소개하고 있다.

건물과 건물 사이, 좁은 골목에 형성된 매장 양 벽을 꽉 채우
고도 남아 매장 깊숙이 들어앉은 주인장 자리 옆쪽의 창고방 두
칸에 박스째로 들어찬 음반들은 이 가게가 쌓아온 연륜과 공력
을 웅변한다. 20만 장이 넘을 것으로 추산되는 각종 장르의 음반
은 그 자체로 하나의 거대한 라이브러리를 이루고 있다. 주인 김
성종 씨는 "기자들이 찾아와 묻길래 그간에 들인 거래 시간과 거

황학동 시장 모퉁이의 돌레코드.

리를 따져봐서 LP 15만 장, CD 5만 개 이상일 거라고 얼추 말했
는데, 사실 직접 세본 적은 없다"고 말한다(값으로 1장당 만 원만
쳐도 엄청나다). 약 3,000장의 음반을 소장하고 있다는 단골손님
김종술 씨는 "20여 년 이상 돌레코드를 드나들었지만 여기서 구
하지 못한 음반이 거의 없었다"고 돌레코드의 아카이브(보관소)
규모를 증언한다.

돌레코드는 1975년 리어카 노점을 하던 성종 씨의 어머니가
노란색 두부 상자에 카세트테이프를 담아 팔기 시작해, 온갖 장
르의 레코드가 거래되고 만들어지는 도매상으로, 복제음반 제작
상으로 커졌다고 한다. 돌레코드 성장사를 이야기할 때 빼놓을
수 없는 인물이 레코드 수집가들 사이에서 최고수로 손꼽히던
김세환('클림트' 편 참조)이다.

사실 성종 씨 모자는 처음에는 음악에 문외한이었다. 돌레
코드라는 상호조차도 바둑 고수였던 성종 씨가 까만 바둑돌과
레코드판이 흡사한 데서 착안했을 정도였다. 대학 진학도 마다
한 채 "음악에 미쳐" 전국의 레코드 가게를 순례하다시피 하던
세환이, 음악다방 디제이가 되려고 돌레코드를 떠난 점원의 자
리를 메우게 된 것이 '전설'의 시작이다. '소년 고수' 김세환은 성
종 씨의 표현대로 "돌레코드를 위해 나타난 귀인"이 되어 돌레
코드를 일약 LP계의 명소로 만들었다. 성종 씨에 따르면 "세환
이가 찍은 곡은 백발백중 히트했다." 가게가 너무 잘되자, 이른

바 '빽판(무단복제 음반)' 제작에도 뛰어들었다. 당시는 외국 음반에 대한 저작권 개념이 희박하던 시절. "빌보드 차트 200위쯤에 걸린 노래를 세환이가 찍어요. 원판을 구해다 복제판을 내놓을 즈음엔 차트 맨 위에 가 있어. 그런 식이니 안 팔릴 재간이 있나."

그러나 1987년 지식재산권 보호가 강화되면서 동네 레코드 가게의 '좋은 시절'이 끝나고, 1990년대 후반 인터넷 다운로드가 본격화되면서 도매상과 제작사들의 전성시대도 저물어갔다. 돌레코드 역시 2000년대 이후에는 중고 레코드 전문점으로 명맥을 유지하면서 정든 단골들과 애호가들에게 "오래됐지만 여전히 좋은" 음반을 소개하고 있다. 이들의 꿈은 머지않아 다가올지 모를 'LP 르네상스'. 성종 씨는 그런 희망으로 개그맨인 아들을 "꾀어" 가업 승계를 위한 '수련'을 받게 하고 있다.

"늘 찾아주는 단골들, 늘 새롭게 나타나는 젊은이들 때문에 가게를 그만두고 싶어도 그만둘 수 없었다. 무엇보다 이 분야는 사람이 좋다. 음악이 좋아 레코드 가게를 차렸다가 손 턴 사람 가운데 돈 떼먹고 간 사람이 하나 없다. 그런 사람들의 좋은 기운을 자식 세대에게 넘겨주고 싶다."

【대기업 떠나도
건재한 중국집】

동흥관

since 1951

금천구 시흥대로63길 20

'중국인은 막대기 하나만 있으면 굶어 죽지 않는다'는 말이 있다.
무슨 먹거리든 밀대 하나만 있으면 만들어내는 재주를 가졌다는
뜻이다.

서울 서남부 외곽에 의외다 싶을 만큼 크고 오래된 중국집이 하
나 있다. 1951년 문을 연 동흥관東興館이다. 방 17개에 무려 280석
규모를 자랑하는 이 대형 음식점 문을 처음 연 이는 화교 장연윤
이다. 허리춤에 밀대 하나 꽂고 고향인 중국 산둥성 옌타이를 떠
나온 '요리기술자'였다. 32살 되던 1941년, 19살의 고향 처녀 강
미아를 데려와 자식 13명을 낳았는데 5명이 죽어서 8남매를 키
웠다. 그중 막내가 지금 동흥관의 주인 장수훈이다.

밀대 하나로 이룬 성공

장연윤은 당시 물가로 "밀가루 200포
대 값인 만주 – 조선 월경세(뒷돈) 100원을 내지 않으려고" 강미
아를 열차간 바닥 밑에 숨겨서 조선에 들어왔다. 부부는 고향 사
람들이 많이 살고 옌타이를 오가기 쉬운 인천 부근에 정착한다.
남편은 짜장면을 밀고, 아내는 갓난애 머리통만 한 중국 왕만두
'산동빠오즈(산둥바오쯔)'를 빚어 병점거리(현재 경기도 화성시)와
시흥 구시장(현재 시흥동 목련아파트 자리)에서 팔았다. 10년 고생
끝에 장롱과 항아리에 돈이 가득 쌓이자, 중국집을 내기 딱 좋은
목에 있던 적산가옥(정육점이었다고 한다)을 사들여 간판을 내건
다. 이것이 동흥관의 첫출발이다.

장사는 불티나게 잘됐다. 당시 시흥역 일대는 개화기에 들
어온 일본인들이 학교와 신사부터 지을 만큼 이 지역의 중심지
였다. 사람과 물류를 타고 각종 상점, 공장들이 들어찼다. 그 한
복판에 동흥관이 있었다. 1960년대 대기업이었던 대한전선 직
원들이 단골이었고, 뒤이어 들어선 기아산업(현 기아자동차)에는
짜장면을 리어카로 배달할 정도였다. 인근 미군 부대 군인과 군
속, '양색시'들까지 현찰을 뿌려줬다.

위기도 있었다. 1대 장연윤이 갑자기 사망한 뒤 "파리가 날

릴 정도로" 손님이 끊어졌다. 그러나 일찍이 독립한 큰형의 지원, 중학교도 마치지 않고 가게에 뛰어든 작은형들, 나중에 동흥관의 '장궤(掌櫃, 사장·지배인이란 뜻으로 화교를 가리키는 비속어 '짱께'의 어원)'가 된 막내 수훈 씨의 근면과 경영 수완, 화교 사회 특유의 신용에 근거한 상호부조(파산 위기에 몰렸을 때 어머니 친구가 오로지 신용 하나로 지금 돈으로 약 1억 원을 빌려줬다)에 힘입어 어렵사리 위기를 극복했다.

동흥관은 창업 37년 만인 1987년 가게 골목 앞의 53평짜리 미군 바를 사들여 79평의 본점에 이어 붙였다. 다시 20년 뒤인 2007년에는 동흥관 옆쪽에 붙은 건물까지 사들여 80평을 또 늘렸다. 1, 2층에 중간층까지 17개의 크고 작은 방들이 다리와 계단으로 미로처럼 얽혀 마치 청나라 기루(기생이 있는 큰 술집)와 비슷한 풍경의 중국집이 완성됐다. 주말이면 280석이 꽉 차고 예약 없이는 미로의 좋은 방을 차지하기 어려울 정도다. 배달 수요를 감당하지 못해 근처에 직원 5명이 일하는 배달 전용 분점도 따로 운영한다. 주인 장 씨는 인구 23만 명의 금천구에서 가장 세금을 많이 내는 '개인'이 됐다. 15살 때부터 배달통을 들어 40여 년 만에 이룬 성취다.

동흥관의 성공은 지난 수십 년간 낙후와 침체 일로를 걸어온 이 지역 경제와 극적으로 대비된다.

"대한전선도 가고, 기아차도 현대로 넘어갔는데, 동흥관만 여전히 성업이군요!"

　얼마 전 이곳에서 팔순잔치를 연 전 기아차 고위 임원이 쏟아낸 탄성이다. 다 같이 1950년대에 세워져 지역 경제를 굳건히 떠받쳤던 대기업들이 사업 확장으로, 또는 사업 부진으로 떠나버린 뒤 대공장에 의존하던 수많은 중소업체가 따라서 명멸해간 시흥 일대에서 오로지 화상華商 동흥관만이 거꾸로 가게를 확장해온 것이 놀랍다는 뜻이다.

서남부지역 생활사의 산 증인

동흥관은 시흥에서 태어났거나 살았던 사람들에게는 일종의 마음의 랜드마크다.

"금천구에서 1950년대부터 지금까지 같은 자리를 지키고 있는 데는 동흥관 밖에 없어요. 타지에 나간 사람들이 모일 때는 으레 동흥관을 약속 장소로 잡지요. 따로 위치를 설명할 필요가 없으니까."

인근 시흥초등학교는 역사가 100년이 넘는다. 이 학교 졸업생들이라면 공통적으로 갖고 있는 것도 대부분 동흥관에 얽힌 추억이다.

"동흥관은 이곳 사람들에게 단순한 '짱께집'이 아닙니다. 추억을 공유하고 나누는 그런 특별한 공간이지요."

2살 때 아버지 고 차관영 목사(전 시흥교회 원로 목사)를 따라 시흥 판자촌에 들어와 30살이 될 때까지 산 차성수 전 금천구청장의 회고다.

"떡 감으러 안양천을 오갈 때마다 동흥관에서 새나오는 짜장면 냄새에 군침을 흘렸어요. 그걸 한번도 먹어보지 못하다가 초등학교 졸업식 때야 비로소 아버지가 동흥관 짜장면을 사주셨습니다. 세상에 이렇게 맛있는 음식이 다 있네, 싶었지요."

과연 맛은 어떨까? 사람마다 기준이 다르겠으나, '동흥관 홍보대사'를 자처하는 차 구청장은 짜장면과 탕수육, 직접 만들어 내놓는 동파육 등을 대표 메뉴로 추천한다. 샤오룽바오도 별미라고 덧붙인다. 동흥관의 오늘을 있게 한 '산동빠오즈'는 "추억을 위해" 옛날 방식대로 만든다. 크기는 옛날보다 작아졌지만, 모양과 맛은 가난했던 시절 고향을 떠나 시흥에 정착하거나 거쳐간 사람들에게는 향수를 불러일으키기에 충분하다. 이처럼 서울 서남부 일대 60여 년의 주민 생활 역사를 간직하고 있는 동흥관은 2013년 서울시로부터 '서울 미래유산'으로 지정됐다.

화교 1세대 어머니와
2세대 아들

1949년 중국 대륙이 공산화되고 한반도가 분단되자 산둥성 출신 화교들도 이산가족이 됐다. 40여 년이 흘러 중국의 개혁개방이 본격화된 1980년대가 되어서야 '비공식' 고향 방문길이 조금씩 열리기 시작했다. 19살에 고향 옌타이를 떠나 남편마저 일찍 여읜 뒤엔 친정 식구 만나고 죽는 것이 소원이 된 강미아에게는 천금의 기회였다. "엄청나게 많은 돈을 써서 홍콩에서 베이징으로 가는 비자를 샀습니다. 그때 어머니는 베이징으로 옌타이 친척들을 죄다 불러 모아 한 집당 500달러씩 쥐어 줬답니다. 당시 중국인들에겐 정말 큰돈이었죠. 그 돈을 밑천으로 대부분의 친척들이 경제적 안정을 얻었고, 작은아버지는 큰 부자가 됐답니다." 1990년대 한중 수교가 이뤄진 뒤에는 해마다 몇 번씩 옌타이를 오가며 친척들을 만나는 것

이 낙이었던 강미아는 2000년대 초 82살로 타계하기 일주일 전에도 친정 마을에서 친척 손자들에게 용돈을 나눠주고 있었다.

　어머니와 달리 시흥에서 태어나 시흥에서만 살고 있는 아들 수훈은 한국이 더 좋다. "대만 사람들은 우리가 대만 국적인데도 한국인 취급하고, 중국에선 아예 우릴 한국 사람이라고 해요. 어 딜 가도 이런 현실은 바뀌지 않아요. 수많은 화교들이 미국이나 캐나다로 갔지만 전 한국에서 살 겁니다. 한국도 차별이 많았지 만 영주권이 나온 뒤로는 거의 느끼지 못해요. 집 나가면 개고생 이라고들 하지 않습니까?"

동흥관의 수호신상인 진시황 병마용(복제품) 옆에 선 장수훈.

용사가 지키는 진시황릉처럼

한때 금천구 개인 납세자 1위답게 장씨는 지역사회 공헌에도 열심이다. "아버지가 형들에게 늘 그랬어요. '공무원과 잘 지내라.' 생각해보니까 지역사회에 기부도 많이 하고 어려운 사람들을 위해 봉사활동도 열심히 하는 게 그들과 잘 지내는 거더라고요. 일석이조죠." 차 구청장에 따르면 장씨는 1990년대부터 지역의 각종 단체 회장을 도맡고 있고, 지난 10년간 금천미래장학회 '최고 정기 기부자'이다. 명절 때면 보육원 아이들을 불러다 음식을 대접하고 세뱃돈까지 챙겨주는 후

덕한 사람이다. 장 씨는 60살이 되던 2017년부터 동흥관 100년을 향한 준비에 들어갔다. "동흥관이 100년 되는 해에 저는 93살입니다. 꼭 살아서 아들, 조카들과 성대한 잔치를 열 겁니다!"

장 씨는 최근 중국 시안에서 한 개당 무게가 300kg이나 하는 진시황 병마용 복제품 10개를 들여와 동흥관 곳곳에 수호신상으로 세우는 데 열중하고 있다. 동흥관의 부흥을 가져온 '좋은 기운'이 다른 데로 새나가지 않게 묵직한 병마용으로 꽉 눌러놓고, 천하 통일을 이룬 역전의 용사들이 황제를 지키듯 동흥관을 지켜달라는 기원이리라.

"앞으로 5년여 뒤면 이 지역은 천지개벽이라고 할 만큼 많이 바뀌어 있을 것"이라는 차 구청장의 말처럼, 금천구 시흥동 일대는 구로디지털단지 등을 배경으로 소비력 있는 고학력 중산층 중심의 도시로 탈바꿈이 예상된다. 이쯤이면 동흥관 주인 장 씨가 굳이 멀리 시안까지 가서 무려 총 3톤에 달하는 진시황릉 용사 석상을 실어온 까닭을 누군들 짐작하지 못하겠는가?

【 고풍스러운
분위기의 음악다방 】

브람스

since 1985

종로구 율곡로 61 2층

차를 마시며 대화를 나누는 장소를 뜻하는 다방은 20세기 한국
인의 대표적 '사교장'이었다. 다방에 모여 친교를 나누고 정보
를 교환하고 사업을 진행하고, 심지어 결혼(중매)도 이뤄졌다.
신분 구별 없이 누구나 커피 한 잔 값으로 몇 시간을 보내도 되
는 곳. 이런 한국의 '다방 문화'는 "지구촌에서 유일하다고 할 만
큼" 다른 나라에서는 찾아보기 어려운 풍속(《도시와 예술의 풍속
화, 다방》, 김윤식, 한겨레출판, 2012)이었다. 미국이 만든 세계 최대
의 커피체인점 스타벅스가 한국의 다방 문화를 "베꼈다"는 우스
개도 있다. 세계 곳곳에 자국 문화원을 두고 있는 미국 공보처는
1968년 한국의 다방 문화가 너무나 특이했던지 〈다방 – 한국의
사교장Tea Rooms and Communication in Korea〉(부산 미문화원 작성)
이란 보고서까지 발간했다.

우연이겠지만, 더욱 흥미로운 것은 이 보고서가 나온 3년 뒤 스타벅스가 창립되고, 이 사업 모델이 미국 밖에서 가장 히트를 한 곳이 다름 아닌 한국(신세계 그룹)이란 사실이다. "새빨간 립스틱을 바른 마담에게 실없는 농담을 던지던"(《낭만에 대하여》, 최백호) '옛날식 다방'은 거의 사라졌지만, 한국의 도시에 즐비한 커피 체인, 전문점, 테이크아웃 가게들은 21세기에 들어서도 한국의 다방 문화가 형태를 바꿔 이어지고 있음을 말해준다.

브람스를 좋아하세요?

그러나 고풍스러운 분위기의 음악다방은 옛날처럼 지금도 드물다. 앞의 보고서에 따르면 당시 조사대상인 "부산 시내 다방 100개당 음악다방이 0.5개꼴"에 불과했다. 다방 전성시대에도 제대로 된 클래식 다방 혹은 카페는 소수 마니아들만의 아지트였던 것이다. 현재 서울에서도 옛 음악전문 다방의 정체성을 지키고 있는 곳은 거의 찾아보기 어렵다.

브람스는 변화무쌍한 상업지역이 된 서울 도심 북촌 지역의 유서 깊은 다방 혹은 카페이다. 독일 작곡가 요하네스 브람스의 이름을 따 1985년 문을 연 이곳은 지난 30여 년 동안 서울 북촌

일대에 살거나 인근 인사동 나들이를 즐기는 음악가, 문학가, 교수 등 문화예술인과 언론인들이 즐겨 찾는 사랑방 혹은 아지트로서 역사를 간직하고 있다.

브람스 다방은 율곡로와 낙원상가 쪽에서 뻗어온 삼일대로가 만나는 안국역 4거리 중에서 유일하게 지하철 입출구가 없는 모퉁이에 대지가 20평도 채 안 되어 보이는 작은 타일 건물 2층에 있다. "생각나면 들러봐요, 조그만 길모퉁이 찻집/아직도 흘러나오는, 노래는 옛 향기겠지요 (……) 가버린 날들이지만 잊혀지진 않을 거예요." 1980년대 히트한 산울림의 〈창문 넘어 어렴풋이 옛생각이 나겠지요〉 노래 속에서 걸어 나온 듯한 모습이다. "잊힐 만하면 생각나서 다시 가보게 되는 집"이라는 한 손님의 말처럼 누구든 저마다의 '옛날'을 떠올리게 만드는 매력이 있다.

좁은 계단을 올라 문을 열고 들어가면 사방의 벽을 오래된 나무판자가 둘러싸고 있다. 마룻바닥은 걸을 때마다 피아노 페달을 밟은 듯 삐걱삐걱 소리를 내 고풍스러운 목조건물의 풍취를 한껏 느끼게 한다. 개업 초기 겨울에는 조그만 난로도 있었음 직한 실내에 군데군데 칠이 벗겨진 나무 탁자가 정겹게 놓여 있다. 한쪽 나무 벽엔 브람스의 초상이 새겨져 있고, 푹신한 보라색 의자에 앉아 천장을 올려다보면 돋을새김으로 새긴 브람스의 이름 알파벳이 실내를 내려다보고 있다. 최초의 주인과 실내장식을 맡았다는 그의 미대생 친구들이 브람스에게 바친 외경을 충분히 짐작케 한다. 검은 테를 두른 흰색 바탕의 직사각형

패널에 검은색 명조체 한글로 브람스 이름을 음표의 높낮이처럼 리드미컬하게 새긴 외벽 간판도 인상적이다. 다양한 의미 구조를 품고 있는 이 심플하면서도 지루하지 않은 디자인 덕분인지 처음 내걸린 그대로 역사를 쌓아가고 있다.

부디 바뀌지 말기를

현재의 주인 마리아(본명 조영희, 세례명 마리아는 본인과 친한 손님들이 즐겨 부르는 이름이다)에 따르면 브람스를 개업한 최초의 주인은 젊은 캠퍼스 커플 부부였다. 두 사람 모두 커피와 브람스를 사랑했다고 한다. 두번째 주인은 독일 함부르크(브람스의 고향)에서 살다 귀국한 부부였다. 숨 막히는 월급쟁이 생활을 벗어나 "뭔가 의미 있고 여유로운 생활이 가능한" 직업을 찾던 젊은 마리아가 1994년 가게를 인수한 세번째 주인이다. 두번째 주인 부인은 브람스를 마리아에게 넘기면서 눈물을 글썽일 만큼 아쉬워했다고 한다. 그만큼 애착이 가고 또 그럭저럭 장사도 되는, 놓치기 아까운 가게였으리라.

안국동 일대는 지난 30여 년 동안 서울의 여느 곳처럼 거리의 풍경이 수시로 바뀌었고, 다양한 업종이 스쳐갔다. 이런 목에서 고전음악다방(나중에는 와인과 맥주를 같이 팔기 시작했다)이 만수옥(부근의 설렁탕집)만큼이나 장수한 것은 놀랄 만한 일이다. 브람스가 문을 연 1985년은 전철 3호선 안국역이 개통된 해. 새

브람스 실내 전경과 주인 조마리아(오른쪽).

로운 역세권의 등장을 기대하고 문을 열었음 직하다. 가게 위치
가 건물의 2층이란 점 때문에 임대료가 상대적으로 낮고, 건물
자체도 작아 재건축 사업에 불리했던 것이 브람스가 헐리거나
업종을 바꾸지 않고도 생존할 수 있게 만든 외부 조건이었을 것
이다.

　브람스 다방 '마담' 마리아는 유쾌발랄한 중년 여성이다. 알
바들과 짜고 진상 손님을 퇴짜놓는 데 선수지만, 브람스의 전통
을 해치지 않는 한 대부분의 손님에게 친절한 천주교도다. "지난
20여 년 동안 위기도 많았지만 그때마다 하느님이 도와주셨어
요. 낮에 손님이 없으면 밤늦게라도 보내주시고, 한쪽 길이 막히

면 다른 쪽 길을 열어주셨지요. 브람스의 하루는 매일매일의 기적에 대한 감사로 열리고 닫힌답니다."

브람스의 기적은 또한 지난 30여 년간 브람스를 사랑한 사람들의 추억에 힘입고 있다. 30년 만에 왔거나, 1년 만에 왔거나 많은 이들이 같은 말을 한다. "부디 문 닫지 말고, 부디 아무것도 바뀌지 말고…."

다른 약속 장소로 가기 위해 바쁘게 안국역 앞을 지나가다가 문득 고개를 돌려 바라보는 곳에 오늘처럼 내일도 브람스가 거기에 있기를.

【 세계 최대의
악기 백화점 】

낙원
악기상가
— since 1970 —

종로구 삼일대로 428

서울의 한가운데에 있는 '낙지(樂地, 늘 즐겁고 행복하게 살 수 있는 좋은 땅)'라 하여 이름을 얻은 '낙원樂園동'(1914년 동명 제정)에 언제부터인가 악기를 파는 곳이 생겨나 역시 그 이름에 어울리는 '음악의 성지'가 만들어졌다. 서울 종로2가와 3가 사이 낙원악기상가가 그곳이다. 1970년에 상가가 문을 연 뒤 1980년대부터 본격적인 악기 전문상가로 발돋움한 낙원악기상가는 9,000여 평의 총면적에 300개에 가까운 악기 관련 점포들이 입주해 1,200명 가량의 종사자들이 총 3만여 종의 악기 관련 물품을 국내외 구매자와 거래하고 있다. 이만한 규모의 악기전문상가는 전 세계적으로도 비슷한 사례를 찾기가 어렵다.

낙원상가 일대는 악기를 사거나 수리하려는 전문연주자나 무대를 찾는 연주자들만의 공간은 아니었다. 지금은 주로 '실버들의 낙원'이라는 인상이 짙지만, "나팔바지에 통기타를 둘러맨" 젊은 날의 7080세대에게도 추억의 장소다. 여드름투성이 얼굴을 찡그리고, 껌 좀 씹어주며 미래의 신중현이나 지미 헨드릭스를 꿈꾼 적이 있는 당신이라면, 어쩌면 적어도 한 번쯤은 낙원상가에서 필자와도 옷깃을 스친 인연이 있을지 모른다.

세계 최대 규모의 악기상가

낙원악기상가는 종로구 안국동에서 용산구 한남동을 잇는 삼일대로의 낙원동 구간 도로 위에 세워진 지하 1층(전통시장), 지상 15층(6층부터 아파트)의 주상복합건물 안에 있다. 본래는 악기점 외에도 볼링장, 카바레와 같은 오락시설과 다양한 품목의 가게들이 영업했으나, 1980년대 초반부터 악기점과 연주 악사들이 대거 모여들면서 대규모 악기전문상가가 됐다. 현재 상가는 2층에 종합악기매장이, 3층에 전문악기매장이 모여 있다. 4~5층은 수입상과 관련된 사무실 등이 입주해 있다. 기타 등 현악기, 색소폰 등 관악기, 피아노 등 건반

악기, 드럼 등 타악기 등 각종 악기와 마이크, 증폭기(앰프) 등의 음향기기, 각종 악기 세부 부품들이 전문상가, 종합상가, 수입상, 총판, 공장 직판 등의 형태로 거래되고 있다. 온라인 거래가 활성화되면서 절반 이상의 점포들이 온라인 쇼핑몰을 함께 열고 있다. 품목 숫자는 통칭해서 '3만여 종'이라지만 사실은 "누구도 세본 적이 없어서 정확하게 말하기 어려울 정도로 많다"는 뜻 정도로 이해해야 할 것 같다. 이밖에 찾아오는 손님들과 악기 동아리를 위해 합주실, 녹음실 등 연습 공간과 야외무대 공연장도 갖춰놓고 있다. 한마디로 우리나라를 넘어 전 세계의 악기 관련 상품과 정보가 모여 있다고 해도 과언이 아니다. 이런 세계 최대 규모의 서양악기전문상가가 본고장인 영국이나 미국이 아니라 한국에 존재한다는 사실이 오히려 기이하기까지 하다.

보호할 가치가 있는 미래유산

낙원상가가 대형 악기전문상가로 발돋움하게 된 데는 전두환 정권의 '공'이 크다. 쿠데타로 집권한 전두환 정권이 이른바 3S(섹스, 스크린, 스포츠)로 상징되는 소비문화를 진작하기 위해, 밤 12시 이후 야외활동을 금지한 '통행금지' 제도를 해제(1982년 1월 5일)하고 심야 영업을 허용함에 따라 룸살롱 등 각종 유흥업소가 번창하면서 악사와 악기 수요가 급증했다. 악기상과 악사들이 집결된 낙원상가가 유례없는 호황을

맞이했음은 물론이다. 1980년대 초 낙원상가 지점 은행의 현금 보유액이 전국 2위(1위는 압구정동지점)였다고 하니, 당시 얼마나 성업이었는지 짐작케 한다. 이처럼 악기상과 악사들이 대호황을 맞이하자 수많은 악기상인이 낙원상가로 옮겨오면서 오늘날과 같은 대형 밀집 상가가 된 것이다.

그러나 1990년대 후반 노래반주기(가라오케)가 등장하면서 낙원악기상가는 침체기를 맞는다. 가라오케와 노래방의 대중화, 외환위기 이후 심야 영업시간 단축, 유흥업소 단속 등으로 악사와 밴드의 수요가 크게 줄면서 낙원상가의 악사 인력시장 기능은 거의 사라졌다. 낙원악기상가의 침체가 낙원동 일대의 낙후로 이어지자 서울시는 2007년 낙원상가를 철거할 계획을 세우기도 했다. 그러나 악기전문상가로서의 문화적 가치, 낙원상가 건물의 건축사적 의의 등이 새롭게 주목받으면서 보존과 재생 쪽으로 방향이 잡혔다. 낙원악기상가는 2013년 "보호할 가치가 있는" 서울시 미래유산으로 지정됐다.

낙원의 유래

낙원악기상가는 1970년대 이후 만들어지기 시작했지만, 낙원동이 악기와 인연을 맺은 역사는 의외로 길다. 그 연원은 구한말의 황실군악대로 거슬러 올라간다. 1901년 창설된 대한제국 군악대가 처음 자리 잡은 곳이 낙원동의 중심인 탑골공원(옛 파고다공원)이었고, 후신인 경성악대가 파고다공원에서 정기연주회를 열며 우리나라 최초의 민간 브라스밴드(금관악기를 주체로 하고 그것에 타악기를 더하기도 하는 합주 형태)로 활약했다. 1925년 경성악대가 재정난으로 해산되자 갈 곳이 없어진 일부 악사들이 낙원동 일대에 남아 악기를 팔거나 양악 교습을 하며 명맥을 이어간 것이 낙원동에 악기상점이 생기게 된 최초의 계기였다.

1960년대 서울시는 파고다아케이드를 지어 탑골공원 주변의 피아노 노점 등을 입주시켰고, 다시 1979년 탑골공원 담장 정비사업으로 파고다아케이드를 철거하면서 피아노 가게들을 낙원상가로 이주시켜 기존의 악기점들과 함께 전문상가를 이루게 한 것이 오늘날 낙원악기상가의 출발이었다.

진정한 낙원을 향한 꿈

역사가 40년을 넘으면서 낙원에도 젊은 2세대 주인들이 등장하고 있다. 낙원악기상가번영회 회장 유강호(유일뮤직 대표) 씨처럼 20대 때 '청년 창업가'로 낙원에 들어와 뿌리를 내린 2세대가 있는가 하면, 아버지와 아들, 시아버지와 며느리, 장인과 사위가 대를 잇는 가게들도 적지 않다.

지난 40여 년 동안 플루트 하는 사람 치고 안 다녀간 사람이 없다는 플루트수리점 '신광악기'는 둘째 며느리가, 바이올

종로거리에서 바라본 낙원상가.

린 수리로 유명한 '한양악기'는 영국에서 7년 동안 현악기 수리를 배우고 돌아온 아들 최신해 씨가 아버지의 명성을 잇고 있다. 1972년 문을 연 기타전문점 '에클레시아'는 연주자 출신인 사위 박주일 씨가 역시 기타 연주자였던 장인의 바통을 넘겨받았다. 3대째가 되는 박 씨의 아들도 독일에서 기타를 공부 중이라고 하는데, "아들이 전문연주자로 성공하길 바라지만, 가게를 잇는 것도 굳이 반대하지 않을 것"이라고 한다. 이들이 대를 이어 꾸는 꿈도 결국은 '음악인의 성지'로서 낙원의 미래일 것이다.

음악이 좋아 월급쟁이 길을 마다하고 25년째 낙원악기상가의 일꾼 노릇을 한다는 유 씨는 낙원상가를 "단순히 악기를 사고 파는 곳이 아니라 음악을 통해 문화 콘텐츠를 즐기는 곳으로 변화시키고 싶어" 한다. 그래서 최근에는 번영회가 중심이 되어 각종 악기 무료 강습, 안 쓰는 악기 기부 운동 등을 펼치고 있다. "기부 받은 낡은 악기가 상가 내 일류 수리전문가의 재능기부를 통해 새 악기로 거듭나서, 평소 악기를 갖고 싶어도 갖지 못했던 사람의 손에 들어가 아름다운 소리를 되찾고 있습니다." 악기상들로만 구성된 세계 최초의 오케스트라를 만들어 낙원상가에서 연주회를 연다는 구상도 하고 있다. 이 또한 낙원이 음악을 사랑하고 즐기는 사람들의 진정한 낙원이 되어보자는 꿈의 하나이다.

인터뷰를 마칠 즈음 기타를 튕기며 상가 복도를 집시처럼 뛰어다니는 젊은이가 보였다. "저 친구요? 여기 점원. 일하다가도 악상이 떠오르면 저래요. 얼마 전에 알바들끼리 잼(즉흥연주)을 했는데 반응이 대단했지요."

【되살아난
덕수궁 옆 소극장】

세실극장

since 1976

중구 세종대로19길 16

연극 공연장을 오래된 가게의 범주에 넣을 수 있을까?

자본주의 관점에서 보면 돈을 받고 공연한다는 점에서 극장도 엄연히 하나의 상점이다. 연극이라는 예술을 파는 문화 상점. 수준 높은 레퍼토리가 있고, 역사가 있고, 무대를 찾은 사람들에게 감동과 추억이 시간을 초월해 켜켜이 쌓여 있다면 그곳이야말로 백 년이 가도록 가꾸고 지켜야 할 공간이 아닌가. 우리나라 연극 무대 중에도 그런 곳이 있다. 시청 건너편 덕수궁과 성공회대성당 사이에 기품 있는 귀부인처럼 앉아 있는 회백색 타일 외장의 우아한 극장, 1970~1980년대 우리나라 소극장 연극의 중심지, 세실극장이다.

되살린 소극장의 역사

사라질 뻔했던 세실극장이 "무사히" 돌아왔다. 2017년 말 공연을 끝으로 사실상 문을 닫았던 세실극장이 2018년 4월 재개관 기념공연을 올리고 극장의 부활을 세상에 알렸다. 1976년 문을 연 세실극장은 '삼일로 창고극장'(1975년 개관)과 함께 서울에 남아 있는 가장 오래된 소극장이다. 폐관 상태로 있다가 서울시문화재단이 운영을 맡아 재사용을 준비 중인 창고극장처럼 세실극장 역시 서울시 재정 지원을 통해 재생의 길이 열렸다. 서울시가 건물주인 대한성공회 서울교구와 장기임대계약을 맺고 서울시연극협회에 극장 운영을 맡기는 방식으로 극장을 되살린 것이다. 돈이 없어 고사할 처지에 있던 유서 깊은 극장을 연극인과 종교계, 시정부가 손잡고 시민의 품으로 돌려보낸 것은 문화 재생의 훌륭한 사례로 평가할 수 있다.

초기 한국 성공회를 이끈 세실 쿠퍼(Cecil Cooper, 한국 이름 구세실) 주교의 이름을 딴 세실은 40여 년 동안 온갖 우여곡절 속에서도 극장으로 살아남아 한국 연극사는 물론 민주화운동과 건축 분야에 이르기까지 소중한 역사를 간직하고 있다. 세실의 역사는 크게 4단계로 나뉜다.

　　최초 운영자인 방송인 임석규가 1년도 채 안 돼 경영난에 부딪히자 극장 운영권은 연극인들에게 넘어갔다. 1977년부터 1980년까지 연극인회관으로 쓰이던 세실은 극단과 연극단체들이 대학로로 옮겨가면서 극단 '우리극단 마당'이 1981년부터 1997년까지 운영한다. 이 시기에 세실은 소극장 운동, 마당놀이 열풍, 가수들의 소극장콘서트 붐 등을 주도하면서 전성기를 구가했다. 1997년 외환위기를 맞아 경영난을 겪으면서 세실은 '제일화재 세실극장'이란 이름의 국내 최초 기업 스폰서 극장으로 1998년부터 2013년까지 운영됐다. 이후 기업 후원이 끊어진 뒤에는 청소년·아동극 등을 주로 공연하면서 어렵게 극장의 명맥을 이어오다 2018년 1월 초 〈안네의 일기〉가 막을 내리는 것을 끝으로 극장의 불이 꺼졌다.

　　죽어가던 세실이 부활하는 데는 마지막 운영자였던 김민섭(씨어터오컴퍼니 대표)의 노력이 컸다. "개인의 힘으로는 더는 운영하기 역부족이었지만, 세실이 사라지는 것도 너무 안타까웠던" 그는 연극인들과 서울시, 성공회 사이에 다리를 놓아 3자 간에 임대와 운영 계약이 이뤄지는 데 역할을 했다.

잊을 수 없는 세실의 사람들

　　　　세실극장을 이야기할 때 빼놓을 수 없는 인물이 이재정과 이영윤이다. 세실극장은 성공회가 교회

재정을 보충하기 위해 임대용 별관을 지으려 구상한 데서부터 역사가 시작된다. 당시 성공회는 박정희 유신정권에 반대하는 신부들이 정보기관에 연행되는 등 정치 탄압을 받아 교회 운영에도 적잖은 어려움을 겪고 있었다. 이런 상황을 타개하는 방안의 하나로 별관 건물을 지어 임대 사업을 하기로 한 것이다. 그러나 경제 상황이 바뀌면서 이 건물을 극장 용도로 바뀌도록 이끈 사람이 당시 막 사제 서품을 받은 이재정 신부(현 경기도 교육감·전 통일부 장관)였다. "명동 국립극장이 없어진다는 소식을 듣고 시내 한복판이란 입지를 살려 극장사업을 하면 교회 이미지

연극 전용 극장으로 설계된 세실극장 무대와 객석.

를 높이는 데도 좋을 것이란 생각을 했다."

세실극장은 건축사에서도 특별한 의미를 지닌다. 당시 건축
잡지《공간》이 서울에서 가장 아름다운 건물 중 하나로 선정했
을 만큼 현대 한국건축사의 한 페이지를 장식한 건축물이다. 설
계의 뒷이야기도 있다. 당시 우리나라의 대표적 건축가였던 김
중업은 군사정부의 문화건축 정책을 강하게 비판하다 "박해를
피해" 프랑스로 건너간 뒤 귀국하지 못하고 있었다. 성공회가 사
실상 망명 상태의 김중업에게 굳이 설계를 맡긴 것은 이를 계기

로 그의 '무사 귀국'을 성사시키려는 의도가 숨어 있었다.

대학로에 연극 단체가 집결하면서 '소외'당하기 쉬웠던 세실극장을 소극장 연극의 중심지로 만든 사람은 당시 '마케팅의 귀재'로 알려진 경제인이자 대학 민속운동 서클 출신의 문화기획자 이영윤이었다. 이재정 신부의 고교 선배였던 인연이 그를 성공회와 연결해주었던 듯하다. 그가 이끈 '마당기획'은 1997년 외환위기로 극장 운영을 접을 때까지 많은 자취를 남겼다. 1984년 세실극장이 무대에 올린 〈님의 침묵〉(극단 마당, 김상렬 연출)은 대히트를 하며 우리나라 창작 뮤지컬의 가능성을 열어 보였다. 민속극 운동의 하나로, 나중에는 방송제작물로도 크게 히트했던 마당놀이를 기획한 것도 이영윤이었다고 한다.

세실은 또 대학로의 '학전' 소극장과 더불어 김광석, 안치환, 정태춘·박은옥 등 유명 대중가수들의 소극장 콘서트 붐을 일으킨 발원지이기도 했다. 고 신영복의 대학 동창으로 절친이었던 이영윤은 신영복이 출소한 뒤 유명한 옥중서간 《감옥으로부터의 사색》(햇빛출판사, 1988)을 펴내도록 돕고, 이재정 신부에게 그를 소개해 성공회대학 강단에 서게 한 사람이기도 했다.

마당으로부터 바통을 넘겨받아 세실의 역사를 지켜간 사람들로는 극작가 겸 연출가 하상길과 기획자 김민섭, 그리고 회사원 박대상(주식회사홍보팀 대표)이 있다. 하상길은 세실이 외환위기 이후 몇 달째 문을 닫은 채 용도 변경이 논의되고 있다는 소식을 듣고, "극장이 너무 아까워 앞뒤 안 보고 계약을 맺었"다.

그는 1억 원이 넘는 돈을 투자해 극장을 개보수하고, 제일화재와 스폰서십 계약을 맺어 우리나라 최초의 네이밍 스폰서 극장을 탄생시켰다. 360석 규모의 객석을 200석 안팎으로 과감히 줄이는 대신 무대를 넓히고 높이도 객석 눈높이에 맞추는 등 세실 극장이 "연출가, 배우, 관객 모두의 입장에서 연극에 최적화된 극장"이란 평을 듣게 했다. 당시 제일화재 홍보 팀장이던 박대상은 회사 창립 50주년 기념사업의 하나로 스폰서 극장이라는 기업 초유의 문화사업안을 입안해 세실이 극장의 역사를 이어가는 데 숨은 기여를 했다.

김민섭은 세실의 마지막 개인 운영자다. 2003년 극장 사원으로 입사해 극장장에 오른 그는 "애착이 많은 극장이라 인수 제의를 받아들이긴 했으나, 정통 연극 공연만으로는 수지를 맞출 수 없어" 단체관람이 많은 청소년·아동극을 제작해 경영 수지를 맞추는 전략을 쓰기도 했다. 그는 극장을 직접 경영하면서 세실 정도의 규모 있는 극장을 한 개인이 운영하는 것은 사실상 불가능하다는 것을 절감했다. 결론은 "국가나 시가 공공문화시설로 극장을 맡아주는 것"이었다. 그러나 문화예술의 성격상 운영만큼은 예술인들에게 맡기는 게 바람직하다고 여겼다. "그런 점에서 연극인들의 역할이 정말 중요하다고 생각한다. 연극인들이 자율적으로 극장을 운영하는 게 더 공익적일 수 있다는 걸 증명해보여야 한다."

여성주의 연극의 전설

　　　　　　1976년 세실극장의 개관 기념작은
입센의 〈유령〉(극단 산하, 차범석 연출)이었다. 헨릭 입센의《인형
의 집》에서 집을 떠난 노라가 만약 집을 나가지 않았다면 어떤
운명이었을까를 그린 작품이다. 〈유령〉은 유럽 소극장 운동의
효시인 파리 '자유극장'의 개관작(〈한국 연극사와 소극장사, 그리고
세실극장〉, 김민섭, 성균관대대학원 석사논문, 2014)이었는데, 이는
의미하는 바가 적지 않다. 소극장 운동과 여성은 다 같이 억압으
로부터 해방이라는 공통 목표를 가졌다.

　　1999년 12월 세실에서는 고두심 · 김미숙의 〈나, 여자예요〉
가 공전의 히트를 치고, 2001년 6월부터 연말까지 김혜자의 여
성주의 모노드라마 〈셜리 발렌타인〉은 3개월 가까이 전석 매진
을 기록하며 6개월 장기공연이란 역사를 쓰기도 했다. 민주 진
영의 집권에 힘입어 여성들이 각 분야에서 활발한 사회 진출을
시도하며 '젠더 투쟁'을 전개하던 무렵의 일이었다. 드디어 여성
이 "집을 나서기" 시작한 것이다. 냉장고에 갇힌 남편들을 얼어
죽게 내버려둔다는 섬뜩한 설정의 〈남편이 냉장고에 들어갔어
요〉(이상 극단 로뎀, 하상길 연출)가 세실의 무대에 오른 건 그로부
터 10년쯤 뒤였다.

　　2019년 지금, 한 시대 여성주의 연극의 산실이었던 극장이
죽었다 되살아난 것은 여러 가지 의미로 참 다행스러운 일이다.

【미용실 원장님께
감사드립니다】

마샬
미용실
──────
since 1962

중구 명동10길 15 2층

수많은 체인점 미용실의 틈바구니 속에서 반세기 넘게 자기만의
브랜드 전통을 이어가는 미용실이 있다. 1962년 문을 연 뒤 56년
동안 여러 우여곡절에도 여전히 "한국을 대표하는 숍"으로 손꼽
히는 명동 마샬미용실(마샬뷰티살롱)이다.
1960년대 초, 유행의 주도권이 종로에서 명동으로 넘어오던 무
렵 명동 일대에는 18개의 크고 작은 미용실들이 경쟁하고 있었
다. 그 이후에도 수많은 미용실이 명멸했다. 유명 고데기 브랜드
에서 이름을 따왔다는 마샬은 그 많은 별들 가운데 오늘날까지
본래 자리에서 명동을 밝히고 있는 유일한 미용실이다. 그 전통
을 인정받아 2013년 '서울 미래유산'으로 선정됐다.

사업적인 면에서도 큰 성공을 거뒀다. '금싸라기 땅' 명동에서 5층짜리 자기 건물에 미용실 간판을 걸고, 강남, 분당 등 전국에 직영점 18개를 거느리고 있는 '마샬왕국'의 주인은 '미스코리아 제조기'로 더 유명한 하종순(마샬뷰티살롱 회장) 헤어디자이너 겸 미용사업가다. 그를 잘 모르는 젊은 세대도 "미용실 원장님께 감사드린다"는 미스코리아들의 단골 멘트는 잘 알고 있다. 그 '원장님'이 하종순 원장이다. 그는 22살에 미용업계에 투신한 지 30여 년 만에 미용사들의 전국단체인 대한미용사회중앙회 회장을 세 번 연임하고, 세계미용협회OMC 부회장에 추대되기도 했다. 세계미용대회인 '헤어월드98서울'을 유치한 공로로 2000년 국민훈장 석류장을, 2015년에는 중국에 선진 미용기술을 전수해준 공로로 중국 미용협회로부터 감사패를 받았다. 딸과 두 며느리 모두 미용사업에 참여하고 있는 하 원장의 성공 비결은 무엇일까?

좋은 스승을 만났다

1957년 서울에서 여고를 졸업한 뒤 이모가 경영한 미용실 매니저로 미용업계에 들어온 하종순을

'미용사'로 성장시켜준 사람은 유명 헤어디자이너 오엽주였다. 당시 동화백화점(현 신세계백화점)에서 미용실을 운영하던 오엽주로부터 "정통 컷 기술을 체계적으로 습득할 수 있었던"것이다. 오엽주는 20대부터 언론의 주목을 받던 '신여성'이었다. 일제강점기에 이미 쌍꺼풀수술을 했으며, 일본 영화사의 전속 배우가 되기도 했다. 일찍이 여성미용에 눈을 돌려 일본에서 선진 미용기술을 배워온 그는 1936년 한국 미용사로는 처음 우리나라 여성들에게 파마를 시행한 것으로 알려졌다.

우연한 기회에 이런 선구자의 애제자가 되어 컷 기술을 배운 것은 당시 열악한 미용계에서 큰 행운이 아닐 수 없었다. 오엽주를 떠나 충무로에서 여배우들의 머리를 만지며 경험을 쌓은 뒤, 유행의 중심지 명동에서 미용실을 차린 점도 시대의 흐름을 잘 탄 것이었다. 명동에서의 경쟁은 치열했지만, 오엽주의 제자라는 후광, 여배우 등 유명 연예인과의 고객 관계 등이 마샬에 경쟁 우위를 안겨주었다. 배우 강부자, 김창숙, 김자옥, 이미숙 등이 마샬의 단골 고객이었고, 신흥 중산층 가운데 전두환 전 대통령의 부인 이순자 씨도 있었다.

미스코리아라는 무대

마샬이 미용계 공동의 적으로 발돋움하게 된 전기는 1970년대 텔레비전 중계를 타고 큰 인기를 끈

미스코리아 선발 대회였다. 미인 대회가 성행하자 여성들 사이에서 헤어디자인과 메이크업에 대한 관심도 높아졌다. 당연히 미용 산업도 호황기를 맞이했다. 그 흐름을 타 최고 미용실로 떠오른 곳이 마샬이었다. 마샬미용실에서 대회를 준비한 후보자들이 대거 미스코리아 상위권에 입상하면서 유명세를 탔기 때문이다. "미스코리아가 되려면 마샬의 하종순 원장을 찾아가라"는 말이 공공연히 나돌 정도였다. 1970년대에는 1977년 김성희 씨에 이어 손정은, 서재화 씨가 3년 연속 미스코리아 진에 뽑혔고, 1990년대에도 이영현(1991), 유하영(1992), 궁선영(1993) 씨 등이 연속으로 진에 뽑히는 등 유명 미스코리아 배출이 잇따랐다. 고현정(1989), 염정아(1991) 씨 등 나중에 유명 배우가 된 입상자들도 마샬에서 머리와 메이크업을 하고 워킹과 화술을 다듬었다. 1990년대 초까지 20여 년 동안 무려 미스코리아 120명을 만들어냈으니, 미스코리아의 산실이라 해도 과언이 아니다. 비결은 무엇이었을까?

"남보다 먼저 해외 미인 대회에 참가할 수 있었던 것이 가장 컸지요. 유럽 등 유행을 선도하는 지역의 최신 트렌드를 앞서서 흡수해 접목할 수 있었으니까요."

1990년대 이전만 해도 일반인들은 해외여행을 하기 어려웠다. 매년 미스코리아를 배출한 하종순은 미인대회 샤프롱(보살펴주는 사람) 자격으로 해마다 며칠씩 미용 선진 지역을 다니며 비달 사순 등 유명 헤어디자이너 아카데미에서 최신 기술과 유

미스코리아 대회 입상자들과 하종순.

행을 직접 체험하고 배울 수 있었다. "새로운 유행으로 미스코리아를 배출하면 이듬해 다른 미용실이 그걸 따라 해요. 그때 저는 또 다른 최신 유행을 선보이니, 다른 미용실이 우리를 뛰어넘기 어려웠을 거예요."

미스코리아의 상징과 같던 이른바 '사자머리' 스타일도 하종순의 작품. "외국 대회에 나가 보니 많은 참가자들이 머리를 크게 부풀려요. 머리는 더욱 우아하고 얼굴은 상대적으로 작아 보여서 왕관을 얹으면 마치 여왕처럼 보였어요." 이 고난도의 테크닉을 배워 적용한 미스코리아가 고현정 씨였다. 수많은 미스코리아 가운데 고 씨가 단연 돋보이는 미인이었다고 회고하는 하 씨는 "그때 고등학생 신분만 아니었다면"이라는 말로 진이 못 된 아쉬움을 표시했다.

하 씨가 배출한 것은 미스코리아뿐이 아니다. 1980~1990년대 프랜차이즈 미용실 시대를 주도한 박승철, 박준, 이철, 이훈숙 씨 등 유명 미용인, 자끄데상쥬, 한스, 헤어뉴스 같은 미용업계 경영인들도 명동 마샬미용실 출신이라고 한다.

남은 인생은 미용인재교육에

우리나라에 처음 미장원이 생긴 것은 1920년. 전국 단위 통계는 알 수 없지만 1953년 한국전쟁 이후 서울에 158개의 미장원이 있었다는 조사가 있다. 1960년대 들어

고도성장과 함께 미용실도 크게 증가했다. 1988년 말 43,500곳이던 미용실 수는 10년 뒤인 1999년 말 84,000여 곳으로 거의 배 가까이 늘어났다. 민주화, 여행 자유화, 여성의 사회활동 증가 추세와 맥을 같이했다. 전국 미용실 전화번호를 수록한 〈미용업 현황 2015〉(CD·한국콘텐츠미디어)에 따르면, 2014년 기준으로 우리나라 미용실 수는 83,000곳. 이 가운데 경기도 19,111곳, 서울 15,507곳 등 수도권에만 전체 미장원의 42%인 34,618곳이 영업 중이다. 인구증가 둔화와 함께 동네 미장원 증가 추세는 정체되었지만, 국내외 유명 헤어디자이너를 내세운 프랜차이즈 미용실은 증가 추세에 있다. 2014년 기준으로 프랜차이즈 미용실은 1,460개로 조사돼 있다.

미용업계에 체인점이 대세를 이룰 때도 하종순은 직영을 고수했다. 18개의 지점도 대부분 본점에서 육성한 디자이너가 독립한 직영점이다. 미용실은 각 미용사가 개인 사업자나 다름없다. 고객들이 자기가 원하는 미용사를 찾아 머리를 하고 싶어 하기 때문이다. 따라서 미용사가 고급 실력을 갖추지 않으면 미용실이 고객을 많이 확보하기 어렵다.

"지점이 10개 이상 되면서부터 인력풀의 한계를 느꼈어요. 매년 해외 유명 미용강사를 초청해 소속 디자이너들을 교육하는 것도 우수 인력을 확보하기 위해서입니다." 그는 미용산업 성패의 핵심을 인력관리, 특히 선진 미용기술의 지속적인 습득을 꼽는다.

　잘 키운 디자이너를 빼앗길 때는 죽고 싶을 정도로 마음의 상처가 크지만 그렇다고 교육을 멈출 수는 없다고 한다. "내일 마샬을 떠나더라도 오늘 교육은 한다"는 것이 하종순의 신조다.

　하 원장은 고령이지만, 미용에 대한 열정은 젊은이 못지않다고 자신한다. "일흔아홉으로 나이 먹는 일은 끝"이라는 그는 남은 인생을 우수 미용인 양성을 위한 교육기관 설립·운영에 바치고 싶어 한다. 마샬미용실은 2000년부터 'L.C.F 코리아'라는 프랑스 제휴 미용교육서클을 만들어 매년 2회씩 해외 유명 헤어디자이너와 전문강사를 초청해 회원들에게 최신 흐름과 기술을 전수받게 하고 있다. 프랑스 헤어디자이너 겸 미용교육기관 경영자인 라파엘 페리에와 서울에 한국-프랑스 합작 미용교육기관을 여는 일도 추진 중이다.

마냥 성공한 듯 보이는 하종순의 인생에도 굴곡진 부분이 없지 않다. 1993년 미스코리아 선발 부정 사건에 연루돼 구속되는 등 '법난'을 치렀다. 그는 그때 일을 생각하면 지금도 억울해 잠을 못 잔다. "사진기자들이 갑자기 카메라를 들이대는 바람에 놀라 엉겁결에 핸드백으로 얼굴을 가렸는데, 죄 없는 내가 왜 바보같이 그랬는지…." 그는 당시 정권 일각에서 정치적 목적으로 만든 조작 사건에 자신이 이용된 것으로 믿고 있다. 실제로 하 원장은 얼마 뒤 풀려나 일상에 복귀했고, 맡고 있던 미용사회 회장직을 그만두라는 요구도 달리 없었다.

서울 백년 가게

© 이인우, 2019

초판 1쇄 발행일   2019년 1월 11일
초판 2쇄 발행일   2019년 2월 18일

지은이   이인우
펴낸이   정은영
기획편집   고은주 한지희
사진   한겨레 출판국 출판사진부
일러스트   김경래

펴낸곳   꼼지락
출판등록   2001년 11월 28일 제2001-000259호
주소   04047 서울시 마포구 양화로6길 49
전화   편집부 (02)324-2347, 경영지원부 (02)325-6047
팩스   편집부 (02)324-2348, 경영지원부 (02)2648-1311
이메일   spacenote@jamobook.com

ISBN 978-89-544-3931-2 (03810)

이 도서의 국립중앙도서관 출판시도서목록(CIP)은 서지정보유통지원시스템 홈페이지
(http://seoji.nl.go.kr)와 국가자료공동목록시스템(http://www.nl.go.kr/kolisnet)에서
이용하실 수 있습니다.(CIP제어번호: CIP2018039383)